SI PETITES
DEVANT TA FACE

ANNE BROCHET

SI PETITES DEVANT TA FACE

roman

ÉDITIONS DU SEUIL
*27, rue Jacob, Paris VIe*

ISBN 2-02-047827-7

www.seuil.com

Je ne sais plus pourquoi j'ai commencé à compter jusqu'à 7. Je sais à partir de quand je l'ai fait, mais je ne me rappelle plus pourquoi c'est 7 qui est devenu mon compagnon de tous les jours. Il me suit partout, il s'agite au pied du lit dès que je me réveille, il me veille quand je dors, mais c'est surtout le soir qu'il devient intarissable : il prend toute son ampleur de 7. Il ressemble à un docteur en blouse blanche, grand, un peu rigide au niveau des cervicales, avec de larges épaules et un estomac pas gros mais pas discret non plus. Enfin, c'est l'idée que je m'en fais, mais quand je le vois à la tâche je ne sais vraiment plus à quoi il ressemble.

Il est arrivé très vite après que j'ai rêvé de ma tante. Il est arrivé *in extremis*. Ma tante était morte quelque temps auparavant. Je me souviens d'avoir joué avec sa chaise roulante pendant des mois. Sa chambre était dans l'appartement de Mamie, qui est juste au-dessus du nôtre. Un soir il y a eu des allées et venues, des pleurs et une ambulance qui est partie en mettant la sirène. Quand elle était vivante, ma tante était gaie pourtant, je sais que je l'amusais, mais je ne sais plus pourquoi. Puis, donc, je rêve d'elle. Dans mon rêve je dors, je me réveille, je regarde sous mon lit et elle est là qui m'attend, grise et transparente, elle me fixe et semble soulagée. Soudain, elle ouvre la bouche, fait un son qui ressemble à un « Hamihamiha », très aigu sur le *mi*, très grave sur le *ha*, et avec un sourire si terrible, elle qui avait l'air si gentil de son vivant, que je me suis demandé en me réveillant comment j'allais faire désormais pour vivre avec une vision pareille. Je ne comprenais pas deux choses ; d'abord comment elle, vraiment si gentille de son vivant, avait pu être aussi effrayante et me vouloir autant de mal, et ensuite pourquoi c'était à moi et pas à quelqu'un d'autre de la famille qu'elle s'en était prise. Enfin, la troisième chose qui me tracassait plus que tout, c'était pourquoi j'avais rêvé quelque chose d'aussi néfaste pour moi-même ; je savais que ça n'était qu'un rêve, mais l'idée que je m'étais infligée un tel cauchemar me faisait vraiment douter de moi-même. Passé l'effroi du réveil, mon premier souci a donc été de chercher comment vivre au quotidien avec ça ; il me fallait aménager ma vie en fonction de ça.

Comme je suis une petite fille de six ans, j'aurais pu avoir l'élan d'aller chercher du réconfort en racontant cette chose incroyable à mes parents, mais ils étaient encore tellement dans la peine d'avoir perdu cette sœur si aimée qu'il m'était impossible de leur dire ce qu'elle m'avait fait subir, dans quel gouffre elle m'avait plongée. Ils ne m'auraient pas crue. Ils m'en auraient voulu aussi.

Alors, dans une inspiration venue d'on ne sait où, la seule chose qui pût me protéger après mes parents c'était 7. J'aurais pu penser à 6, 2 ou même à 9. Mais 6 était trop nonchalant bien que très fiable ; 2, trop vulnérable, avec des jambes trop petites, il aurait eu plus peur que moi ; quant à 9, il était trop athlétique, trop mûr même pour accepter ma demande, il aurait compati, il aurait essayé de me raisonner mais je n'avais plus le temps. Il n'y avait que le pragmatisme de 7, son intelligence mêlée à je ne sais quoi d'inattendu qui m'inspirèrent une confiance totale ; et le fait qu'il ait répondu à mon appel comme s'il avait toujours été prêt, comme s'il avait toujours su que j'aurais un jour besoin de lui, me soulagea de presque tout mon affolement.

Voici comment se déroule la collaboration de 7 et de moi-même ; ça a commencé le lendemain soir de cette nuit désastreuse.

A priori rien ne s'est passé. J'ai la même chemise de nuit, je me brosse les dents de la même façon, sauf qu'à la fin du rinçage j'agite l'eau mousseuse 7 fois dans ma bouche et je crache 7 fois aussi, difficilement. Je fais ça d'instinct, sans préméditation, et 7 s'exécute sans étonnement, ce qui m'encourage et même me donne une totale liberté d'expression avec lui, une fois la porte de ma chambre fermée. D'abord, je m'agenouille près de mon lit, je prends une forte inspiration, j'expire en regardant sous le lit et je compte : 1, 2, 3, 4, 5, 6, 7. Puis je m'allonge sur le lit. Je saisis l'interrupteur de ma lampe de chevet, que j'éteins. Je compte : 1, 2, 3, 4, 5, 6, 7. Je rallume. Je me relève et je me dirige vers l'étagère qui en fait est un placard dont on a retiré les portes. Elle monte jusqu'au plafond, mais se termine par une plinthe qui cache l'espace fait entre celle-ci et une planche trop haute pour y poser quoi que ce soit. Ce soir j'ai peur de ce vide ; pourquoi ma tante ne s'y accrocherait-elle pas comme une chauve-souris, ne laissant sortir que sa tête pour le plaisir d'un nouveau son effroyable ? J'inspire, je bloque l'air, fixe ce sombre recoin et compte : 1, 2, 3, 4, 5, 6, 7. Je passe devant une petite armoire et remarque que la clé de la porte n'est pas droite. Je la mets à la verticale et compte. Je lâche la clé à 7. Je retourne au lit, reprends l'interrupteur, compte 7 et j'éteins. J'ai oublié de regarder encore sous le lit. Je rallume. 7. Je fais glisser mon buste vers le sol, le visage vite congestionné, je souhaite de toute mon âme que des mains glacées ne me saisissent pas. Rien. 7 sur l'inspiration, 7 en apnée, 7 sur l'expiration. Retour de ma tête sur l'oreiller, saisie de l'interrupteur, 7, extinction.

Et puis ç'a été l'abandon ou l'exténuation, je ne sais plus, je me souviens juste que je n'en revenais pas de ce que je venais de faire. Je ressentais un apaisement infini mais aussi le sentiment effaré d'être entrée dans une nouvelle dimension de ma vie, et qu'il me serait impossible de revenir en arrière.

Je tiens la main de ma petite fille dans la mienne. Sa main, je voudrais qu'elle ne grandisse jamais, mais je sais que ça se produit jour après jour. Pour l'instant, elle est tendre et replète. Quand ses doigts se tendent il y a des fossettes qui apparaissent à l'endroit de l'articulation, alors tout va bien. Parfois, j'ai des fulgurances de rage quand je pense au jour où elle donnera son corps à un garçon, ça me brûle la tête, puis ça passe, je me dis qu'elle a encore le temps, que c'est encore bien loin. Qu'elle se donne à un homme, mais pas à plusieurs. Il y en a toujours un de trop. Comme certaines femmes ; comment font-elles pour se donner autant, avec le même désir, le même plaisir et la même façon de le montrer ? Un homme, ou deux. C'est tout. Qu'il soit volontaire et doux. Je ne sais pas quand je devrai lui dire ça. A seize ans ? A quatorze ans ? J'ai peur alors de ne plus oser lui parler, j'ai peur de ne plus pouvoir. Maintenant, là, je pourrais puisqu'elle ne sait pas, ma petite fille chérie.

Pour le moment tu es ma petite fille, nous marchons tous les deux sur la contre-allée de la piscine municipale, ça résonne de cris et d'éclaboussures, je t'entends à peine, tu as fini ta leçon de natation. C'est le moment de la semaine que nous passons rien que toi et moi, ça me fait du bien, tu me rends gai. Tu marches à mes côtés avec ta ceinture en bouchons de liège accrochée à ta taille. Elle monte et descend au rythme de tes pas, sur tes hanches raides et étroites qui ne racontent rien d'autre que ta vie même ici, au bord de la piscine. Je déboucle cette grosse ceinture blanche qui t'a fait des lignes rouges sur la peau.

– Tu restes là deux minutes, je pique une tête, je fais un aller-retour. Tu ne bouges pas, tu regardes ma brasse et tu prends exemple.

Je plonge, je suis sous l'eau, c'est calme, j'entends mon souffle, je l'expulse à chacune de mes avancées, quand je n'ai plus d'air je remonte à la surface, je me retourne très vite vers ma petite fille, voir si je lui ai plu avec mon sous-l'eau. Elle me tourne le dos, semble regarder quelque chose dans la profondeur du petit bassin, elle saute dedans.

J'aime bien regarder mon père quand il plonge dans l'eau. C'est la seule chose que j'aime vraiment de lui. Il fait un petit « chlouc » si léger, comme un carré de sucre dans un bol de lait, je suis très fière de lui, il est le seul dans la piscine à faire ce bruit si doux.

Quand je serai grande, j'aurai un bassin rempli de grains de café et je plongerai dedans dès que l'envie m'en prendra. Je n'ai jamais bu de café, ça ne me dit rien, mais mettre ma main tout entière dans le bocal à café de la cuisine me donne des frissons. Je bouge lentement ma paume, mes doigts, je sens les grains qui se serrent contre ma peau et qui font comme s'ils voulaient s'enfuir ; ils sont frais mais tièdes parce qu'ils sont gras, et chaque fois je me dis que, plus tard, j'en aurai un bac plein pour tout mon corps.

Pour l'instant je regarde mon père. Il est sous l'eau maintenant, mais je ne le vois plus trop, il est déformé par la profondeur. Je me tiens entre le petit et le grand bassin, les carreaux blancs sur lesquels je marche sont aussi grands que mes pieds, je fais la funambule sur la jointure du carrelage, je fais 7 pas, orteils-talons. Puis je fixe l'eau du petit bassin, là où il est le plus profond. On dirait de l'huile bleu ciel recouverte d'un film plastique, je vois flou, tout devient simple, ce bleu m'est familier, comme s'il était aussi mon corps, comme s'il était moi, je vais à lui puisqu'il est moi. Je saute.

Marion a disparu, je nage de toutes mes forces, je glisse en courant sur les carreaux de l'allée, je saute dans la petite piscine, je me fais mal aux hanches car l'eau m'arrive à la taille. Marion s'est accrochée à un adolescent qui jouait avec un petit enfant, elle est hébétée mais lui plus qu'elle encore, il ne comprend pas ce qui s'est passé : une petite fille qui se jette dans l'eau, qui ne sait pas nager, qui se débat et happe les premiers bras qu'elle trouve.

Je la prends dans les miens, je la serre, j'ai envie de la frapper, je lui demande pourquoi elle a fait ça, qu'est-ce qu'il lui a pris, si c'est ça, qu'est-ce que ce sera d'autre. Elle me répond qu'elle l'a fait parce que ça avait l'air facile.

Je me lève tôt pour préparer le petit déjeuner des enfants. J'ai un carnet que je cache dans mes livres de cuisine. J'y écris mes rêves quand je m'en souviens, sur la petite table mise. Ensuite je réveille les enfants.

Cette nuit, j'ai rêvé que je marchais dans la rue. C'était le soir, en hiver. Je sortais d'un pressing. En face, il y avait un restaurant que je n'avais jamais remarqué, un restaurant éthiopien. Je me suis dit que j'irais un jour. Soudain, j'ai ressenti dans ma poitrine une allégresse tellement forte que je savais à ce moment précis que je n'avais jamais été aussi heureuse de ma vie. Je me suis réveillée et j'ai pleuré. Après, j'ai eu brusquement très mal à la tête. Je crois que je suis enceinte.

Je vais attendre mais j'en suis sûre. Ce serait mon quatrième enfant. Quatre enfants de lui en neuf ans. Quatre enfants et trois fausses couches. Je ne sais toujours pas si j'ai la folie de la maternité ou si j'ai la folie de lui.

Je cours le long de l'église. Je rentre de l'école. Sur le trottoir, le bitume a fait des cloques grosses comme des seins de femme et dures comme ceux d'une Barbie. Mes pieds essaient d'en écraser le plus possible dans ma course. J'ai hâte d'être à la maison ; elle est juste en face de l'église. Il fait déjà nuit, je l'aperçois, il n'y a pas de lumière chez nous, mais il y en a au-dessus, chez Mamie.

Il s'est passé quelque chose d'important aujourd'hui, il faut que je le dise à Maman. J'ai une joie qui m'étouffe à l'idée de ce que je vais lui raconter, et au bien que ça va lui faire. Je monte les marches du perron, 1, 2, 3 ; j'en redescends une, 2, 3, 4 ; sur place à cloche-pied, 4, 4, 4 ; je me sens prête, 5, 6, 7. Je pousse la porte, je monte l'escalier raide et étroit pour aller chez Mamie.

Elle est toujours à la même place, assise face à la fenêtre de sa petite salle à manger. Elle ne se retourne pas et je l'ignore. Maman est en train d'accrocher du linge dans la pièce à côté, qui était la chambre de ma tante. Tout est resté tel quel sauf que ça sert de buanderie maintenant.

Quand le séchoir était posé en permanence dans notre salon, on se prenait toujours les pieds dedans. C'est quand même plus pratique.

– Maman !

– Arrête d'arriver comme ça, tu me fais sursauter à chaque fois.

– Oui, mais, Maman, il s'est passé quelque chose d'incroyable aujourd'hui. Tu sais, la mère de Marilyne...

– Celle qui joue de l'accordéon ?

– Oui, eh bien, Marilyne, elle m'a dit que sa mère avait eu la révélation de Dieu. Elle s'est concentrée et elle a demandé à Dieu qu'Il lui apparaisse. Apparemment elle était arrivée à un point où elle en avait assez, tu vois, elle voulait être sûre, et elle s'est concentrée si fort et si longtemps qu'Il lui est apparu de plus en plus nettement sur le mur qu'elle fixait. Il lui a souri comme si elle avait été seule au monde à Le vouloir avec cette force et Il a disparu. Et depuis elle vit dans une paix et une joie constantes.

– Elle en a de la chance.

Ma mère secoue une serviette-éponge encore

très humide, ça fait un bruit de claque, et d'un seul coup j'ai mal au ventre, comme s'il était devenu un gros sac glacé, et mes poumons deviennent petits comme des cacahuètes.

– Mais je te dis que c'est vrai ! Elle s'est concentrée si fort que ça a marché. Elle avait un tel désir, elle avait une telle volonté, c'était un appel si fort qu'Il n'a pas pu résister. Elle en a sûrement eu un besoin inouï puisqu'Il est venu. Je crois que c'est ça avoir la foi, non ? (Ma mère rit en fermant la bouche, j'ai les épaules qui me brûlent.) Pourquoi tu ne me crois pas ? Parce qu'elle joue de l'accordéon ?

– Arrête de me parler comme ça, tu veux ? Le bon Dieu, c'est Lui qui choisit qui Il a envie de voir, c'est la fatalité, il ne faut rien attendre, il faut faire le bien. (Laisse-moi, ma petite, mon trésor, j'étais bien là, laisse-moi, s'il te plaît.)

– Mais tu es une jalouse, c'est tout. Toi, il ne peut rien t'arriver vu que tu ne demandes jamais rien. T'attends quoi pour faire tes réclamations ? T'attends d'être devant saint Pierre ? « Oui, alors, écoutez saint Pierre, vraiment, gna

gna gna. » Si c'est comme ça, ça ne m'intéresse mais absolument pas. Qu'ils aillent tous se faire voir chez les Grecs !

Ma mère se retourne vers moi, elle a les yeux baissés, elle me frappe la joue avec une chaussette froide et mouillée, je veux mourir et j'ai honte pour elle.

La petite, elle est sortie en claquant la porte, elle respirait comme une asthmatique. A côté, c'est le silence, j'entends des bruits de vêtements qui se détendent.

Ma grande fille, qu'est-ce qui t'est arrivé ? Toi aussi tu parlais comme ça à son âge, ça nous fatiguait aussi, mais on savait comment te répondre, on était généreux.

Je suis assise à la fenêtre et je n'ai envie de rien. Six mois que je suis à cette fenêtre, face à l'église. Je regarde les gens monter et descendre, cortège blanc, cortège noir, et il ne se passe rien. Je suis dans le souvenir, même dans le souvenir de toi, ma grande fille, alors que tu vis à mes côtés et que tu t'occupes de moi avec bonté. Pour ma part, je suis déjà partie. Je vis dans le souvenir en attendant la fin.

Je pourrais lire le journal, je pourrais faire semblant de m'intéresser, mais je préfère regarder dehors et me rappeler. C'est comme ça que je sais que je suis vieille, à cause de ma mémoire ; ça n'en finit pas, je pourrais même mourir sans l'avoir totalement parcourue. Ça me remonte à la tête en rafales, sans effort : l'odeur du buis dans le jardin de mes parents, le savon de la buanderie dans son grand pot crémeux avec des grains de sable pour bien récurer – combien de fois j'y ai plongé les mains –, et son odeur forte et fraîche qui m'assurait que rien ne pouvait m'arriver, que rien ne pouvait bouger non plus. Le bruit du torrent, ses effluves âcres, les sangsues autour de mes chevilles quand je marchais dans la rivière qui me faisaient pleurer de dégoût ; la voix rauque de ce petit garçon dont j'étais amoureuse, le silence étrange qui m'envahissait quand il passait devant chez moi, le sol noir et gras du garage de Papa, l'odeur de l'essence que j'aurais pu respirer des heures entières ; la peau de Denis si douce à l'intérieur de ses coudes que je savais qu'il avait été un enfant.

Pendant que la petite parle, je pense à lui, je me demande si au jour de la résurrection des morts il sera toujours aussi amoché ou s'il se sera arrangé un peu pour la circonstance. Il avait vingt ans de plus que moi quand on s'est mariés, il était beau, il était fier, il voulait me protéger, il me disait que c'était sa mission ; vingt ans de mission, vingt ans de bonheur, sauf les dimanches vers cinq heures de l'après-midi, quand il avait trop bu et qu'il voulait aller se pendre dans son petit atelier de travail. Tous les dimanches je disais aux filles : « Il va être cinq heures, allez voir si votre père en est à chercher son tabouret », et c'est ce qu'il s'acharnait à faire avec la même conviction. Au début, les filles pleuraient et suppliaient, après, elles râlaient, surtout quand c'était l'hiver, qu'il tombait une pluie glacée et qu'il fallait s'habiller pour aller au fond du jardin récupérer le vieux, titubant dans son établi, une corde à la main. Denis. Qu'est-ce qui te prenait le dimanche à cinq heures ? Tu n'as jamais su le dire.

Je me demande si tu pèseras encore tes cent vingt kilos le jour de la résurrection de tout le monde. Et moi, peut-être que tu ne vas même pas me reconnaître, peut-être que tu ne voudras plus de moi, que tu feras semblant de ne pas m'avoir vue. Cela dit, si on est trente milliards à se relever d'un coup, ça risque de prendre du temps, il va y avoir des hurlements.

Ah, ce que tu me manques, j'ai hâte tout de même. Et ton pauvre frère tout handicapé, comment il va faire pour se redresser ? Ce serait peut-être préférable qu'il ait de belles jambes droites quitte à ressusciter. Et tous ces petits qui sont morts avant d'avoir appris à marcher, est-il possible de mourir si petit ? Et toi, ma toute Chérie, est-ce que ton père et moi on va te serrer pour l'éternité, ma toute belle, ma toute malade ? Je t'ai regardée des journées entières te faire ronger le corps, tu avais mal, tu avais peur, et comme ton orgueil était bafoué aussi. On se regardait toutes les deux, atterrées. Ma toute petite enfant dont j'ai croqué la peau si fraîche, je plongeais mes yeux dans ton regard, je n'en revenais pas, et puis tu as grandi, et puis tu m'as regardée sur ton lit de mort et c'est toi qui n'en revenais pas. Si j'avais pu te donner encore mon sein je l'aurais fait. Y a-t-il quelque chose de plus fort que l'amour d'une mère ? Oui, la mort. Comment vit-on après ça ? On ne vit plus.

Maintenant vous me laissez tous les deux dans le silence, après tout ce que j'ai fait pour vous. Vous me voyez à ma fenêtre et vous ne me faites même pas de signe.

Qu'est-ce que je fais pour notre grande qui ne dit plus rien elle non plus, qui est triste, et moi qui suis fatiguée ? Vous, vous nous regardez avec le sourire de la Joconde, plein de commisération. Je ne vous vois pas mais je vous devine bien avec votre air.

J'ai laissé 7 se reposer ce soir, il m'a fait de la peine, il a perdu de sa fringance. Je crois que je l'exploite trop, je finis par avoir moins de respect pour lui et il le sent. Je suis calme et pourtant j'ai en moi une palpitation très légère qui me gêne. J'entends mes parents qui vont se coucher. J'appelle :

– Papa, j'ai soif !

Je guette la réaction. Puis l'eau coule dans le gobelet de la salle de bains. Mon père entre dans la chambre. Il me tend l'eau. Elle a un goût de vieux plastique que je reconnaîtrais parmi cent et que j'aime tant.

– Papa, je n'arrive pas à dormir.

– Compte les moutons !

– Mais je m'ennuie avec les moutons. Qu'est-ce que je peux faire ?

– Tu pourrais faire sauter les haies à ta famille : moi, ta mère, tes frères, Mamie, tes oncles, tes cousins. Fais-nous tous bêler avec des bonnes têtes d'andouilles. Même Mme Dès, tu la fais bêler au ralenti et tu lui fais des yeux d'endormie.

– Non, pas elle, elle me fait trop peur. Elle rit toujours fort, elle croque les pommes sans enlever la peau, ça fait des bruits bizarres dans sa bouche et moi je n'aime pas. Et puis elle va sentir que je lui fais une tête de mouton avant de m'endormir, elle va me donner une punition juste comme ça. Dis, Papa, si je récite le « Notre Père », tu ne crois pas que ce sera mieux ?

– Bien sûr, ma poupée. Le bon Dieu sera content, Il te donnera Sa bénédiction et tu t'endormiras en souriant.

– Est-ce que tu crois que je ne dors pas parce que le bon Dieu n'est pas content après moi ?

– Peut-être, si tu as des choses à te reprocher.

– C'est quoi, « se reprocher » ?

– Quand on a fait du mal, quand on a pensé du mal ou qu'on n'est pas fier de soi, on a honte, on ne veut pas le reconnaître, ça pèse, ça oppresse, on ne respire pas tranquillement.

– Ah bon ? Ça t'arrive de respirer comme ça ? Moi, c'est tout le temps, presque. Et tu fais quoi alors ?

– Je le dis au bon Dieu, Il me pardonne et je dors en paix.

– Et ceux à qui tu as fait du mal, tu penses, tu ne leur dis rien parce que tu l'as dit au bon Dieu ? C'est Lui qui transmet les messages ? Si tout le monde fait comme toi, Il a du boulot la nuit, je comprends qu'Il ait pas le temps de s'occuper d'autres choses. Je vais faire pareil, je vais me rajouter à la clientèle et je te dirai.

– Attention, Il te fait passer un petit examen avant.

– Quel genre ?

– La conviction.

– Si tu l'as eu, je peux bien l'avoir aussi.

– Bonne nuit, ma poupée.

Je l'attends. Il s'allonge dans le lit le plus doucement possible. L'odeur de son tee-shirt vient à moi. Quand je repasse ses vêtements, c'est ce même parfum de lessive qui se dégage sous la vapeur du fer, et je suis déjà dans l'attente. J'attends le moment où il se déshabillera pour se mettre contre moi, où cette même odeur viendra m'envelopper de sa complicité et célébrera le retour de ma joie.

Pour l'instant je ne bouge pas, je respire à peine, j'écoute sa respiration à lui pour savoir où ça va l'amener. Elle devient lourde et profonde, il s'est endormi comme une poupée. Je me demande quelle a été sa dernière pensée avant de sombrer, en supposant qu'il ait pensé à quelque chose.

J'ai des frissons dans la tête et dans la gorge, dans les bras aussi. J'ai envie de le réveiller un bon coup, le frapper dans le dos, le sortir de son sommeil réparateur, lui demander de quoi il se répare. De ses monologues syndicalistes qui n'impressionnent que lui ? J'ai mal.

Soudain je me revois enfant. Je marche sur un chemin dans le village de ma grand-mère : il fait nuit et il neige. Tout est suspendu, toute matière retient son souffle pour entendre les flocons se déposer sur elle. J'ai une envie folle d'y être à nouveau, d'écouter le craquement sourd de mes pas sous le coton poudreux, et de n'être que dans cette joie-là.

J'aime bien jouer avec ma règle en plastique. Je la mets à l'horizontale, juste sous mes yeux, de l'autre côté des graduations, pour que ce soit bien lisse. Sa transparence donne des traînées arc-en-ciel à tout ce que je regarde. Mais le plus étrange c'est que tout est raplati et à l'envers : le plafond est en bas, suivi tout de suite après par la tête de ma maîtresse, puis viennent s'encastrer celles de la première rangée d'élèves. Alors je fais pivoter lentement la règle, de haut en bas, ma maîtresse dégringole plus haut encore, les têtes de mes camarades s'étirent comme des grosses gouttes, finissent par céder et sont catapultées au plafond elles aussi ; je les allonge, je les rétrécis, la tête en arrière, ma règle sur les yeux. Même les néons qui ont d'habitude une lumière incompréhensible prennent un halo mauve et vert très joli.

Je m'amuse bien, absorbée dans toute cette agitation multicolore qui monte et qui descend. Je sens que je quitte mon corps, je deviens de plus en plus légère, je décolle de mon siège, j'ai décollé, je monte, plus haut, encore plus haut, je commence à avoir le vertige. J'ai le cerveau qui dégouline. J'entends des bruits de pages qu'on tourne, de chaises qu'on réajuste et puis, soudain, j'ai un besoin urgent de boire. Il n'y a plus que ça qui compte, il faut que je boive à tout prix. C'est vital, madame Dès ! Je n'ai pas soif pourtant, mais il faut que de l'eau coule dans ma gorge et entre dans mon corps. Je lève le doigt :

– Madame, je peux aller boire ?

Je n'attends pas la réponse, j'ai déjà la bouche sous le robinet du couloir, je compte : 1, 2, 3, 4, 5, 6, 7.

Je retourne m'asseoir. Je me sens lourde, je voudrais bâiller discrètement, rien ne vient, j'ai envie d'être dans les bras de Maman. J'essaie d'inspirer mais je n'y arrive pas, je recommence, j'étouffe, je ne comprends plus ce que je fais ici.

– Écoute, si ça t'ennuie ce que je dis, tu sors. Tu sors et après tu nous racontes.

– C'est pas ça, madame, je vous écoute, je vous jure, mais je n'arrive pas à aspirer.

– Eh bien va prendre l'air. Tu sors et tu nous reviens inspirée.

Je marche dans la cour. Je regarde le bout de mes pieds qui avance sur le goudron brillant, puis je vois flou, et tout devient blanc. Il règne un silence extrêmement léger, un immense champ de neige apparaît devant moi, un petit lapin beige y sautille et s'éloigne en zigzaguant.

Mes poumons aspirent l'air frais comme de l'éther, une paix insolite envahit mon corps et endolorit ma tête. Je me mets à pleurer de me sentir si vivante.

Je regarde la télévision. Il est six heures et demie. C'est le soir. J'ai fait mes devoirs et comme on va dîner bientôt je ne peux plus vraiment commencer à jouer. Après manger, il faudra aller se coucher, et c'est à ce moment-là que j'aurai besoin de rassembler mes forces. La maison est calme. Ma mère reprise des chaussettes à côté de moi à l'aide d'un œuf en bois. J'aime beaucoup cet œuf, il est doux et lisse. Quand Maman le laisse traîner sur la table, je joue avec, je me caresse les paumes. Si ce n'était lui, je ne comprendrais pas pourquoi Maman s'épuise à raccommoder des chaussettes ; ça ne coûte pas cher dans les magasins, et puis des chaussettes neuves, c'est plus confortable que des rafistolées qui gênent au bout des pieds, avec cette épaisseur de laine rajoutée au niveau du gros orteil qui serre dans la chaussure et qui donne une vague impression de claustrophobie.

Sur l'écran de télévision, un homme touche la joue d'une femme qui ferme les yeux, il passe ses doigts au bord de ses lèvres, elle les mord et puis ils s'embrassent en soupirant. Je me cache les yeux, ça m'embête de les regarder comme ça, je dis :

– Hou, là là.

J'écarte les doigts qui me protégeaient de cette vision, je me sens de plus en plus agitée, avec une joie intense qui monte de les voir faire ça. Le bas de mon ventre se serre et me fait mal, un mal sans douleur pourtant, mais il brûle un peu et je sens bien que ce n'est pas normal. Je me retourne vers ma mère et je mets ma main sur mon ventre.

– Maman, pourquoi j'ai mal là quand des gens s'embrassent à la télé ?

Ma mère continue à coudre, elle hausse les épaules.

– Maman, pourquoi ?

– Je ne sais pas. Parce que tu es folle.

Je la regarde, j'attends la suite de l'explication, il n'y en a pas. Je me sens honteuse de ce que je lui ai dit et que je ne comprends pas. Je sais aussi que c'est grave. Elle me ment.

Je pousse la porte de la boucherie-charcuterie, elle se referme derrière moi dans un soupir qui se termine par un petit crissement aigu mais convivial. Le boucher tourne la tête vers moi puis reprend aussitôt son travail. Sa femme est à la caisse, dans sa blouse rose qui semble très douce et très légère. Elle a mis du vert à ses paupières, ce n'est pas joli mais elle a l'air heureux et toujours de bonne humeur, chaque jour que je la vois on dirait qu'elle-même n'en revient pas de sa propre joie, elle irradie d'étonnement.

Ce que j'ai aimé tout de suite dans ce magasin, c'est son odeur de friand au fromage et de jambon cuit. J'ai l'impression profonde que je suis née pour vivre dans ce parfum de fraîcheur paisible. C'est un sentiment qui s'accroît jour après jour, si bien que je ne regarde plus avec plaisir cette femme debout derrière son trône ; elle a fini par me gêner, son bonheur m'énerve et je ne lui veux plus de bien. Je voudrais qu'elle se fasse renverser par une voiture ou quelque chose dans ce genre. Si elle disparaissait, ma vie changerait, mais la raison en est encore un peu vague.

Pour l'instant, je ne regarde que l'objet de ma convoitise : cet homme de dos, robuste dans sa longue veste épaisse à petits carreaux bleus et blancs. Je contemple sa nuque lisse sur laquelle de minuscules vaisseaux sanguins sont apparus. De les voir comme ça alors que peut-être lui-même ne sait rien de ces petites rougeurs, qu'elle ne lui en a peut-être rien dit, me le rend encore plus attendrissant, plus vulnérable. J'ai envie de passer mes doigts sur ce coin de peau, elle doit être légèrement granuleuse et tiède.

Mais je ne suis pas venue pour m'attendrir, je suis venue pour le regarder travailler du couteau. Par chance, c'est ce qu'il fait. L'instrument fend la chair d'un gros morceau de viande. Celle-ci répond à la coupure comme si elle n'avait été faite que pour ça, comme si elle ne prenait son sens de bout de viande que parce qu'il la coupe, sans effort. Ils ne font qu'un, lui, le couteau et elle sous le geste. Il la détache de la jointure de l'os par moulinets fermes, elle se laisse faire dans une soumission soulagée, elle préfère se rendre au boucher que de rester avec l'os. Moi je ferais pareil si j'étais la viande.

J'ai le nez collé au présentoir en verre, j'ai l'impression que ça fait des heures que je regarde cette scène, je suis tout endolorie, bercée par les bruits du couteau qui crisse doucement et de la viande qui vient de se faire retourner lestement.

Je sens la sciure du sol sous mes pieds. Il y en a partout. Quand on marche sur elle, le pas devient feutré et légèrement glissant, il oblige à être calme, il impose la sérénité. La vague odeur de bois perdue dans le parfum des charcuteries vient couronner l'atmosphère de joie douce qui règne dans cet endroit. Il faut absolument que je touche cette poudre dorée à mes pieds. Je m'accroupis, j'entends le coup de machette que vient de donner le boucher sur la pièce de viande, je me sens tellement proche de lui que je ne sursaute pas, au contraire, je continue à frotter la sciure grasse entre mes doigts.

Soudain la machine à trancher le jambon se met en marche. J'ai vraiment de la chance aujourd'hui. Tous les mouvements du boucher s'enchaînent avec harmonie. Il saisit une lourde cuisse de jambon de ses larges mains aux ongles rosés de sang, je vois nettement un pansement autour d'un doigt, j'ai une bouffée d'amour pour cet homme si forte qu'elle me donne chaud aux joues. Puis, de la paume de sa main blessée, il réceptionne délicatement les tranches, qui semblent couler sur sa peau. Elles se superposent toujours de la même façon, on dirait qu'elles viennent s'endormir sur le creux de sa main, que, dès qu'elles s'y trouvent, elles se rendent compte que c'est la meilleure place au monde pour se laisser aller. Puis, toujours en soupesant les tranches alanguies, il saisit un morceau de papier à charcuterie sur lequel il les allonge. Il les enroule doucement, il fait crépiter les bords de l'emballage pour en achever la fermeture et, dans un élan court et méthodique, il jette le tout sur une balance. Ensuite, il prend le petit crayon de bois coincé derrière son oreille tendre d'où démarre le rouge de son cou, et il inscrit le prix. Le papier s'écrase mollement sous la pression de la mine. J'ai les paupières lourdes.

– Qu'est-ce qu'elle veut, la petite ? me demande la femme de sa voix aigre.

Je me retourne péniblement vers elle, je ne suis pas aimable.

– Un jambonneau pour six.

J'ai honte de dire ça. Je regarde l'homme. J'ai peur de l'avoir déçu, que lui demander de saisir un pauvre jambonneau ça le coupe dans son état de grâce, que ça le pousse à un mouvement dévalorisant pour lui comme pour moi. Mais il ne réagit pas, il se penche sur le comptoir d'exposition et saisit de sa large main un gros jambonneau. Je le regarde l'envelopper d'une nouvelle feuille de papier. Je dis quelque chose d'épouvantable :

– On dirait qu'il est tombé par terre !

Je ne sais pas ce qui me prend d'avoir envie d'être bête. Mon cœur se met à battre plus vite.

– Pourquoi tu dis ça, voyons ? me demande la voix de femme.

Et moi qui continue :

– Il est plein de sciure, le jambonneau.

J'entends enfin le son de sa gorge à lui :

– Ce n'est pas de la sciure, c'est de la chapelure.

Il est calme, sa voix ressemble à ses mains. De toutes les façons, je suis fichue. La femme reprend :

– Oui, enfin ! Il ne faut pas dire des choses comme ça !

– Laisse donc, elle s'intéresse la petite, elle observe.

Il faut que je m'en sorte, il faut que tout reprenne son sens aussi. Dans ma main, il me reste dix francs de monnaie, il faut calmer tout le monde, et surtout le rendre, lui, à sa fonction. Je dis :

– Ah ! j'ai oublié de vous demander une tranche de jambon aussi.

Alors tout retombe, chacun retourne à sa place ; elle qui baisse la tête et qui fait ses comptes, lui qui me tourne le dos, qui accepte de se laisser contempler de nouveau et recueille la tranche de charcuterie qui vient épouser sa paume.

Je voudrais que Maman comprenne que c'est un endroit comme celui-ci qu'il nous faut pour que tout aille bien. Elle serait jolie dans une blouse rose, elle se maquillerait, elle se mettrait du rouge à ongles, elle ferait la conversation, elle regarderait cet homme de dos comme je le fais, elle aurait un petit sourire bizarre au coin des lèvres et derrière les yeux, et moi je ferais mes devoirs dans la cuisine, juste derrière le rideau en bouchons de plastique, j'écouterais la radio en sourdine et j'aurais la paix.

Je râpe des carottes pour le déjeuner.

Cette nuit j'ai rêvé qu'il y avait une information à la télévision. Un journaliste parlait au micro, il était pâle et ses lèvres tremblaient. Il disait d'un air affolé que nous allions assister en direct à la mort d'un petit animal, mi-chat, mi-lapin, tétanisé par le froid. L'homme disait que c'était trop tard, qu'on ne pouvait plus rien faire pour lui. Alors je me retrouvais auprès de la petite bête, je sentais que je pouvais la sauver, qu'il y avait quelque chose en moi de suffisamment fort pour ça. Je la prenais dans mes mains, elle ne se débattait même pas, je commençais à la frictionner, sa chaleur vitale remontait peu à peu, je la sauvais.

Il y a un bruit abrutissant dans la cuisine, j'en déduis vite que c'est Maman qui râpe les carottes avec son robot.

Quand ça n'est pas ça, c'est le moulin à café, qui, lui, s'est imposé dans la maison comme le maître des appareils ménagers. C'est mon père qui l'a introduit, en affirmant que le café moulu chez soi était plus authentique qu'un café acheté prémoulu. Le moulin passe donc tous les soirs vers huit heures, alors qu'on finit d'essuyer la vaisselle. Il est vicieux, car il sait que Papa le protège, et il nous envoie un bruit sourd et aigu dans les oreilles qui dure au moins trois minutes, avec de brefs temps de respiration que mon père lui impose pour qu'il ne lui claque pas entre les doigts. Une fois le mal subi et l'objet débarrassé de sa poudre, il n'y a plus rien entre nous, plus envie de se parler, on s'évite, on se frôle avec la bouche pincée, il ne faut surtout pas se toucher, chacun dans ses pensées, avec en commun un air idiot et susceptible. Finalement c'est peut-être ça qui m'empêche de dormir : le matraquage quotidien de mon cerveau et des couches superficielles de mon corps par le moulin électrique. Et même s'il venait à tomber en panne, et qu'il n'était plus capable de nous vriller la tête pendant quelques jours, je suis sûre que dans un réflexe pavlovien on serait tous affligés d'une soudaine mélancolie en fin de repas.

Dans la cuisine, il y a aussi une pauvre vieille machine à laver qui trime comme un âne. Quand elle essore, elle lutte plus pour ne pas crever sur place que pour accomplir son devoir. Elle se donne des coups de pied aux fesses, elle frissonne lourdement, elle a des cales à chacun de ses angles pour ne pas partir dans tous les sens et saccager la pièce dans ses secousses de bête malade.

C'est pitié d'avoir cette vision chez soi. On pourrait avoir du café prémoulu, une machine à laver en forme, acheter des carottes déjà râpées, avoir quelques réserves de briques de potage ; au lieu de cela, on subit le mixeur à légumes quand on est tous à table pour le souper mais que la soupe, elle, n'est pas prête et qu'elle se fait sous nos yeux dans la cocotte-minute, et, le silence revenu, on continue à rester muets.

J'ai exposé le problème à Maman, en commençant par les carottes râpées. Je lui ai suggéré d'aller plutôt en acheter chez le charcutier, j'en ai profité pour parler de lui, savoir si elle le connaissait un peu, et si elle aurait bien aimé travailler dans une boucherie. Elle m'a répondu que lui et sa femme étaient des voleurs qui faisaient fortune sur le dos des vieux du quartier qui n'avaient plus le goût de se faire à manger tout seuls.

J'ai compris qu'il fallait y aller doucement avec ma mère, suggérer les choses, laisser son imagination faire le reste.

J'ai fait pareil quand je lui ai raconté très évasivement que Mme Bonny (qui est la mère de ma future copine et fait aussi office de dame de catéchisme à ses heures perdues) fabriquait des œufs durs de forme carrée, à la grande joie de ses enfants et de son mari.

– Voilà, Maman, c'est un petit moule qu'elle a commandé dans le catalogue de La Redoute, un petit moule rouge et carré, qui réceptionne l'œuf encore chaud mais décoquillé. Mme Bonny presse légèrement, attend quelques secondes, et en sort un œuf d'une forme carrée désopilante.

Je lui ai raconté rapidement que l'usage de ce moule donnait à la maison des Bonny une atmosphère très gaie, le temps de la laisser associer le visage du boucher à un œuf carré, à des rires et au catalogue de La Redoute.

– Franchement, Maman, il est triste notre catalogue des 3 Suisses, il n'y a pas de fantaisie, tout est marron et besogneux. Tu n'as pas envie de rigoler un peu, de devenir une mère poule qui fait des œufs carrés ?

Ma mère n'a pas ri de ma blague. Elle a répondu pitoyablement qu'elle n'avait pas le temps de faire des choses carrées pour amuser la galerie, que les gadgets inutiles, c'était bon pour ceux qui n'avaient rien d'autre à foutre, comme cette bourgeoise de Mme Bonny. Elle a dit tout ça sans arrêter le robot à râper les carottes, sans jamais me regarder en face, pour ne pas voir dans mes yeux le reflet de la vérité. Je lui ai répondu :

– C'est bien dommage.

Je suis dans mon lit ; j'ai le cœur fragile comme un verre en cristal, il frémit comme ça n'est pas possible. 7 a abandonné la partie, je crois que finalement c'est lui qui ne me respecte plus. Il bâcle.

Alors je m'en remets à Dieu. Je joins mes mains. Je veux être une petite fille comme les autres, comme celle qui est dans mon livre *Une journée dans la vie du teckel Fouine*. Ça raconte la vie quotidienne d'une petite fille qui s'appelle Juliette et de son chien, Fouine. Elle se réveille en s'étirant, elle se lave les dents en souriant à son ours en peluche qui l'accompagne, assis sur un tabouret. J'ai essayé avec mon ours, mais il est trop mou, impossible de lui faire tenir une position assise.

Puis Juliette part en courant sous la pluie avec son teckel à poils longs, elle a de grandes jambes très fines et porte une robe droite assez courte avec de belles bottes en caoutchouc rouge aux pieds.

Pourquoi la vie heureuse est-elle si compliquée à réaliser ? Elle doit prier comme ça le soir, et se recueillir simplement comme je suis en train de le faire, dans sa petite chemise de nuit en coton. J'ai presque la même. Pourquoi pas le reste ?

Donc je m'en remets à Dieu. Je récite le « Notre Père ». Je murmure : « Notre Père qui êtes aux cieux que Votre Nom soit sanctifié. » En même temps que je le dis, je pense : « Notre Père qui êtes au pieu que votre con soit sans pitié. »

Je suis accablée par ma propre vulgarité, elle est plus forte que moi, je suis possédée par elle, je sais bien que Dieu m'a entendue, qu'aucune de mes pensées ne Lui est étrangère. Je dis tout haut : « Pardon, pardon, je ne le ferai plus. »

Je m'adresse à la Sainte Vierge, je crois que je ne pourrai pas lui dire de gros mots avec son sourire si doux. Je lui murmure : « Je vous salue Marie pleine de grâce », et je pense : « Je vous salue Marie pleine de graisse. »

Même elle je l'insulte. Je me sens complètement foutue, j'ai l'impression que je n'arriverai à rien dans ma vie, que je ne pourrai m'en remettre à personne, odieuse et méprisante.

Je me gifle. Une fois. Comme ça ne suffit pas,

je m'envoie une autre claque pour me calmer. Mon ventre commence à gronder, j'ai envie de me lever et de tout casser dans ma chambre. Je me crispe de plus en plus, je vais exploser, ça monte et j'ai peur.

Je me tourne de nouveau vers Dieu : « Je confesse à Dieu... », puis je cède, je me dégoûte tellement que plus rien n'a d'importance, je peux bien en crever. Et je dis : « ... que j'ai baisé, en pensées, en paroles, par action et par omission, c'est pourquoi je supplie la Vierge rassie, les anges et tous les nains, de cirer pour moi le Seigneur notre nœud. »

Voilà, c'est fait. Je suis foutue. Je me niche dans la couverture tiède. Je peux bien pleurer sur moi maintenant.

Il est très tard. Les garçons sont couchés depuis longtemps, j'ai entendu Marion s'agiter un peu dans sa chambre, puis tout s'est tu.

Je suis recroquevillée sur le canapé et je le regarde aller et venir dans le salon. Il parle sans cesse, s'interrompant le temps d'allumer une nouvelle cigarette.

Ce qu'il dit ne m'intéresse pas. Il y a une chanson dans ma tête qui ne s'arrête pas : *Tout est calme, reposé, entends-tu les clochettes tintinnabuler ?* A un moment, mon attention se porte sur une phrase, il dit qu'il faut qu'il devienne le gardien de sa propre forteresse.

J'approuve de la tête, mais la chanson persiste. Il me parle mais ce n'est pas à moi qu'il s'adresse. Il aperçoit son reflet dans la vitre, il bouge et se voit bouger, il s'énerve et regarde à quoi il ressemble dans les carreaux de la fenêtre.

J'ai envie de me lever sans un mot et de lui écraser la face sur sa réflexion, lui demander comment il se sent la gueule déformée, savoir s'il songe toujours à sa propre vieillesse comme à l'unique ennemie de son charisme et de sa beauté. Pauvre con, comme c'est triste !

Mais je ne fais rien parce que j'attends qu'il me baise. Il continue de parler, je le suis des yeux et je pense : Baise-moi, baise-moi, et que je n'en revienne pas une fois de plus. Une bonne fois pour toutes.

J'ai saigné cet après-midi. J'avais trois semaines de retard. C'était douloureux. C'est peut-être mieux ainsi. Je ne sais plus. Je ne sais plus ce qui est bon pour moi.

Pourquoi les enfants t'admirent-ils alors que moi je n'ai que ta merde ? Comment se fait-il que je ne sois pas un autre de tes enfants ?

Je t'ai connu si jeune, je n'avais que toi à vénérer, mon pauvre amour, et tu me dégoûtes.

Je vais à la cuisine. J'entends cette pauvre machine à laver en plein essorage à s'en faire exploser le tambour. Je pousse la porte, je vois ma mère debout qui retient la bête avec son pied, les bras croisés, les yeux dans le vague. Je m'approche. Je parle fort pour qu'elle m'entende.

– Maman, ça pique à mon cœur ! J'ai peur de peut-être mourir !

Maman se tourne vers moi, mais toujours les yeux dans le vague. Elle parle bas, sans force :

– Mais non tu ne vas pas mourir, c'est dans

ta tête. Le cœur ça s'arrête pas parce que ça pique.

– Écoute, Maman, Bénédicte, elle m'a raconté qu'à la rentrée la maîtresse elle avait dit devant tous les élèves que leur copine elle n'était pas là parce qu'elle était morte pendant les vacances d'été. Et c'est parce que la fille elle avait un trou dans le cœur. Elle l'avait dit à sa mère, mais la mère elle ne l'avait pas crue, elle avait levé les yeux au ciel. Et le trou, il a grandi, jour après jour, et la petite elle ne disait plus rien vu qu'on ne la croyait pas. Et il a grandi, tout doucement, et le sang il est sorti, tout doucement, et elle elle est morte comme ça, doucement, sans s'en rendre compte, assise à côté de sa mère qui faisait des confitures. Alors peut-être que j'ai la même chose et que tu t'en fiches. Je vais mourir tout doucement et tu ne verras même pas, tout ça parce que c'est dans ma tête. J'ai mal mais certainement qu'en fait je n'ai pas mal. Comme ça, ça règle l'histoire.

Et je sors.

Aujourd'hui j'ai encore dit Merde à Dieu. Je me suis réveillée et j'ai pensé que le matin je serais plus disponible, plus offerte à Lui. Je me sentais bien partie, bien concentrée, mais un gros mot a jailli d'un seul coup dans ma tête, alors j'ai arrêté net.

J'ai gardé mon sang-froid, je me suis levée sans état d'âme et je suis allée à l'école sans dire un mot à mes frères et à ma mère.

A l'école on faisait la dictée, j'étais toujours bien concentrée. C'est alors que j'ai remarqué un gros bouton marron de gilet par terre, je l'ai ramassé, j'ai levé le doigt vers Mme Dès pour le lui montrer, elle m'a fait signe de me taire, ce que je faisais depuis mon réveil. J'ai replongé le nez dans mon cahier pour continuer à m'appliquer, dans le suspense délicieux de ne faire aucune faute ; j'allais assez vite et, entre deux phrases, je jouais avec le bouton sur ma bouche.

Du moment où je l'ai coincé entre mes dents

jusqu'à celui où je l'ai avalé, je ne sais pas ce qui s'est passé, mais je me suis retrouvée debout, la main agrippée à ma gorge, essayant de respirer comme jamais ça ne m'était arrivé au summum de mes paniques, piétinant sur place comme s'il y avait eu de la braise sous mes chaussures. Ça avait l'air comique vu que tout le monde riait autour de moi. Et moi qui étais sûre que j'étais en train de claquer sous leurs yeux. Mais non, j'ai senti le bouton glisser lentement le long de la trachée, se frayer un passage dans ma cage thoracique et puis fondre quelque part en dessous de celle-ci.

Mme Dès se tenait devant moi, elle avait le regard ahuri avec un mince sourire au bord des lèvres, je lui ai dit dans un souffle que j'avais avalé le bouton, que je ne comprenais pas pourquoi, je ne l'avais pas fait exprès pourtant. Je me sentais si seule. Et elle m'a dit que demain je pourrais le rendre à son propriétaire, je lui ai demandé pourquoi, elle m'a répondu que je ferais caca avec. La classe s'est mise à hurler de rire et de dégoût. Moi, je me voyais déjà courir dans la rue, aller à la gare, prendre le premier train et disparaître pour toujours.

A la récréation, j'ai appris que c'était à Damien qu'appartenait le bouton, il en manquait un sur son gilet. J'ai été vers lui, je lui ai dit que j'étais vraiment désolée, que je lui rendrais demain. Il m'a répondu que je pouvais me le garder.

Quand je suis rentrée de l'école, j'ai été m'allonger sur mon lit et j'ai soulevé mon pull. J'ai regardé mon ventre. La peau vibrait doucement au rythme de mon cœur, je me demandais où pouvait bien être le bouton, mais en même temps que je me posais la question j'effleurais ma peau qui se rétractait doucement au toucher, comme une anémone de mer. Je caressais à peine un de mes flancs et il bougeait comme une petite vague. J'ai tenté l'expérience de l'autre côté, en étant sûre de me contrôler, mais la peau faisait ce qu'elle voulait sous mes doigts, elle se contractait et c'était agréable.

Pendant que je jouais ainsi à constater l'indépendance de la peau de mon ventre, j'ai fait aussi le bilan de ma sombre journée. Je m'étais levée avec la honte et la solitude de ne pas réussir à atteindre Dieu, mais ça ne regardait que nous. Puis j'étais rentrée à la maison avec l'immense tristesse que la classe se soit moquée de moi, comme si au fond tous savaient à quel stade d'égarement j'en étais arrivée.

Ce soir il se passe beaucoup de choses dans ma chambre : Dieu n'est pas là, mes pensées sont pleines de honte, elles se lisent dans mes yeux, et eux regardent mes doigts faire frissonner ma peau. Au bout du compte, c'est ma peau qui me réconforte.

J'allume la lumière de la cuisine. Il fait encore noir dehors. Je fais chauffer doucement le lait pour le petit déjeuner des enfants. Je prends mon carnet. J'écris.

Cette nuit, j'ai rêvé que je dormais dans un lit surélevé. Je prenais conscience que ma mère était morte, je comprenais le sens du « jamais plus » et je me mettais à hurler. Je voulais aller aux toilettes au fond du couloir. Je réveillais ma sœur et lui demandais de venir avec moi. Je me disais que, comme ma mère était morte, ma sœur ne refuserait pas de dormir avec moi pour me protéger. Je poussais la porte des toilettes mais à l'intérieur se dressait une petite chapelle, avec au milieu des fonts baptismaux. De tout petits enfants y prenaient un bain et s'éclaboussaient en riant.

Le lait commençait à frémir, je l'ai éteint et j'ai été réveiller les enfants. Aujourd'hui c'est samedi, j'irai au marché.

Les enfants sont à l'école, j'ai laissé Thomas à la maternelle. Je marche dans l'allée du marché, je remarque à peine les étals. Je suis engourdie. Les hommes me regardent.

Quand je passe devant eux, ils prennent un air détaché, puis ils m'évaluent et me soupèsent des yeux sitôt que j'ai le dos tourné. Aujourd'hui c'est frappant. Je les sens. Ils pourraient bien tous me prendre ce matin. Je pourrais me faire baiser par n'importe qui, ils doivent le sentir, chacun son tour, me donner sans répit, aller jusqu'au bout de ce mal, me faire secouer un bon coup pour me remettre en place. Je n'en peux plus. Je veux trouver l'issue à cette vie dans laquelle chaque action que je fais devient un geste ultime. Je ne sais jamais si j'arriverai à en faire un autre tant tout me pèse, tout sonne creux. Chaque pensée est une fin en elle-même et je ne sais pas si je pourrai encore en avoir une autre après. Je marche et je compte mes pas, c'est plus fort que moi. Je pourrais compter les secondes. C'est ce que je vais finir par faire. C'est pour ça que je voudrais me faire baiser là, au beau milieu du marché, pour que le décompte s'arrête.

Moi j'aime bien le samedi, parce que j'ai tout le week-end pour jouer avec mes Barbie.

Ma mère vient nous chercher à l'école, Éric et moi, on passe par la petite école prendre Thomas et on rentre. Papa n'est pas là parce que c'est son jour de jeux au bar-tabac.

Je mange vite et je cours dans ma chambre. Sitôt que j'ouvre mon placard, le temps s'accélère.

J'ai à peine eu le temps de faire faire de l'équitation à Skipper, sur son cheval qui tient encore debout à coups de sparadrap autour des deux chevilles de devant. Les cinq grandes sœurs sont allées à la plage, elles ont fait un peu de cheval aussi parce que Skipper passait par là. Puis les hommes sont arrivés du haut de la falaise de mon lit, ils ne connaissent pas les Barbie, et puis ils étaient deux, ce qui les rend timides. Ils ont nagé devant elles, ont fait de beaux plongeons, et puis quand même ils les ont invitées à dîner aux chandelles.

Je commençais à m'emballer. J'ai habillé les Barbie dans de beaux mouchoirs en dentelle pour qu'elles aient l'air de princesses, j'ai dressé la table, placé les petites chaises en bois tout autour, j'ai allumé mes bougies d'anniversaire, que j'ai posées en guise de chandelles, et comme c'était déjà le soir dehors j'ai éteint la lumière.

Les Ken arrivaient sur leur trente et un et tous passaient à l'apéro quand j'ai entendu la petite clochette dans le couloir qui annonçait l'heure de dîner.

J'ai mangé le plus vite possible, les bougies dansaient encore devant mes yeux. Papa n'était toujours pas là. Il dormait, mais ça ne m'intéressait pas. Mon petit frère parlait à ma mère, je l'entendais vaguement lui répondre d'une voix sourde. Mamie était descendue de son antre et mangeait en silence, Éric aussi, mais comme je les connais à peine l'un et l'autre ils ne me gênaient en rien. Je sentais mes Barbie piaffer d'impatience que je remonte les faire évoluer dans leur dîner.

Quand je me suis retrouvée de nouveau à genoux devant ma petite réception, je n'avais plus de conversation. Ils étaient tous installés, attendant le dialogue, mais j'avais une autre idée en tête, qu'un embarras confus m'empêchait d'accomplir.

Soudain, j'ai attrapé la plus jolie Barbie et le Ken blond et bronzé. J'ai laissé les autres atterrés et seuls témoins silencieux de mon geste. J'ai mis la Barbie en face du Ken et, comme je n'étais pas vraiment décidée à me laisser aller, j'ai fait dire à l'homme un « Ah oui, c'est bien la mer » pas convaincu, avant qu'il se jette sur la Barbie dans un baiser très énervé, et elle de se défendre pauvrement d'un « Il est fou ! Houlà ».

Il l'embrassait et je la déshabillais peu à peu, tous les trois envahis du même feu, j'avais chaud aux joues mais la honte était moins forte que mon excitation. Et puis la porte de ma chambre s'est ouverte, et Thomas a penché la tête pour voir.

J'ai hurlé : « Au secours ! Maman ! » et je me suis précipitée sur la porte, j'ai poussé mon petit frère et je lui ai dit : « Dégage ! » en fermant. Il pleurait. Il disait qu'il voulait jouer aussi. Maman l'a appelé du fond du couloir mais il restait obstiné, je l'entendais renifler dans le coin de la porte.

Alors j'ai regardé le sol, les Barbie assises sur leurs chaises, le Ken brun et pâle délaissé dans un coin, les petites bougies qui se consumaient et, un peu plus loin, la Barbie dévêtue et le Blond à côté d'elle.

Sous mes yeux s'étalait donc la cause de mon énervement qui avait monté pendant l'après-midi. Tous ces préambules hypocrites pour cette vision finale. C'était vertigineux de constater que, en plus de tout, j'étais une dégoûtante.

7 est revenu ce soir. J'étais encore égarée de ce qui s'était passé, j'étais assise sur mon lit, j'essayais de penser à quelque chose mais je n'y arrivais pas. Juste avant cette inertie, j'avais eu un grand pincement au cœur et j'avais longé le couloir qui mène à la cuisine, une main sur la poitrine, l'autre main gardant le contact avec le mur pour me guider dans la pénombre ; surtout, marcher lentement, ne pas énerver le cœur davantage, pour ne pas que ça claque.

J'étais entrée dans la cuisine, ma mère était encore à table avec Thomas qui dormait assis contre elle. En même temps que je le voyais, je savais ce qu'il ressentait, collé comme ça.

Il y avait aussi Éric qui lisait à côté de Mamie, égaux à eux-mêmes. Elle aussi lisait le journal, c'était bien la première fois que je la voyais ainsi, elle devait faire semblant, pour pouvoir tout bien écouter. Je me suis tenue devant Maman.

– Maman, ça pique à mon cœur.

– Arrête, Marion, c'est dans ta tête. Tu n'as qu'à être gentille aussi, au lieu de hurler comme une demeurée quand Thomas veut te voir.

Dans mon dos, j'ai entendu Éric qui disait d'une petite voix aiguë très irritante :

– Maman, ça pique à mes poumons, ça pique à ma bébête, ça pique. Ouille ! ouille !

– Mais arrête, toi ! je lui ai répondu. Maman, c'est vrai, ça pique là.

Je lui ai montré un petit point, juste en dessous du sein gauche.

– Eh bien frotte, ça va passer, a dit Maman.

– Frotte, toi, c'est mieux si c'est toi ; si je fais travailler mon bras, je ne serai pas bien détendue.

Alors je me suis collée contre Maman, sur le côté, elle a frotté mon cœur d'une main, l'autre bras retenant Thomas endormi.

Ma tête dodelinait doucement au rythme des frictions, je regardais autour de moi et j'ai eu une montée d'amour qui m'a picoté les yeux.

– Maman, pourquoi vous ne me croyez pas quand j'ai mal ?

– Parce que tu te plains sans arrêt, alors, à force, on t'écoute moins, on te croit moins aussi. Le jour où tu auras vraiment mal, ça va être difficile pour tout le monde, on perdra du temps parce qu'on ne fera pas attention à ce que tu dis.

– Oui, mais le problème, Maman, c'est que j'ai toujours vraiment mal.

J'ai posé ma main sur la sienne qui frictionnait à l'endroit du cœur.

– J'ai mal là.

Donc 7 a passé son long nez à la porte de ma chambre.

– Entre ! lui ai-je dit d'une petite voix souffreteuse.

Il s'est approché et s'est assis doucement au pied de mon lit. On s'est regardés un petit moment.

C'est seulement maintenant que la vérité

sur 7 m'apparaît. Voilà, il n'y a pas d'être meilleur que lui pour la patience, le pardon, la compassion aussi. Si la compassion existe, c'est bien chez 7.

On s'est endormis vite en souriant d'être si bien ensemble.

Ce qui est grisant, c'est de penser qu'il m'a choisie moi. Il y a plein de gens en difficulté dans le monde, mais c'est moi qu'il a choisie parmi tous, c'est donc que j'en vaux la peine.

C'est dimanche aujourd'hui. Éric et moi, on va à la messe de dix heures. Maman nous y envoie parce que c'est juste en face de la maison, et aussi parce que ça nous occupe.

J'ai laissé 7 dormir, je pense qu'il en avait besoin. Je ne rechigne pas trop à aller à l'église, parce qu'on peut rire un peu. On se moque des gens qui chantent faux, de ceux qui prétendent connaître les chansons et qui disent n'importe quoi, ceux qui ne finissent pas les prières dites en chœur parce que au fond ils ne savent pas de quoi ils parlent.

Et puis il y a les têtes aussi, les têtes rigolotes. Éric et moi on les cherche, on se donne des coups de coude et on se marre. Notre moment préféré, c'est quand le curé propose à l'assemblée de s'embrasser pour se donner la paix. Et c'est parti pour les bisous dans tous les sens, ça n'en finit pas, et nous on ne fait rien, mais on sait qu'à un moment donné quelqu'un devant nous qu'on ne connaît pas va se sentir obligé de se retourner pour nous serrer la main, ou même nous faire un baiser, et nous, on va glousser et rire à la face de la personne.

Quand on va à la messe, Papa nous dit : « Allez écouter le sermon spécial prolos. » Il soutient que le curé change de sermon entre son service de dix heures et celui de onze heures.

C'est vrai qu'à onze heures les gens, les femmes surtout, ont des habits plus jolis que ceux qui viennent à dix heures. Mme Bonny, qui entre dans l'église quand j'en sors, porte des vêtements très différents de ceux qu'elle met quand elle est dame de catéchisme.

Peut-être fait-elle une longue grasse matinée, encore plus longue que celle des jours de la semaine. Et puis elle prend un bain moussant, elle ouvre son armoire et s'habille pour aller à la messe comme si elle allait au bal. J'imagine aussi qu'elle prend un petit déjeuner du dimanche avec des fleurs posées dans un vase sur le plateau que ma future amie lui apporte au lit. A moins que ce ne soit son mari. Il doit allumer la chaîne stéréo, sûrement Radio Classique avec des trompettes et du violon, et le voilà qui avance avec le petit déjeuner, elle qui se réveille en souriant et en s'étirant, faussement étonnée, et les enfants assis au bord du lit, regardant les parents amoureux avec un air idiot. Peut-être qu'elle prend un léger en-cas parce que, après la messe, ils brunchent. Il paraît qu'il y a des gens qui brunchent le dimanche. Je ne sais pas à quoi ça ressemble; en tout cas, comme par hasard, nous, on ne le fait pas.

Aujourd'hui, je n'arrive pas à me moquer des gens, peut-être sous l'influence de 7. Je pense à lui. Je me demande s'il faut que je lui raconte l'incident des Barbie. Il doit savoir, il me devine ; comment n'aurait-il pas la connaissance de cela aussi ?

– Il est grand, le mystère de la Foi !

C'est le curé qui vient de le clamer.

Je n'avais jamais entendu cette phrase avant. Peut-être parce qu'il ne l'avait jamais chantée aussi fort ou aussi mal ou d'un air aussi découragé. Ou alors peut-être parce que je comprends bien de quoi il parle, moi aussi je trouve ça trop grand le mystère de la Foi.

Je regarde autour de moi l'assemblée répondre à l'appel du prêtre, ça a l'air si simple à dire et à comprendre. Si je chantais « Il est grand le mystère de 7 ! », ça me serait simple, mais est-ce que ça serait compréhensible ?

Il y a cet autre mystère auquel je pense maintenant parce que je le vois, c'est la petite lumière rouge allumée en permanence près du tabernacle sur l'autel de l'église.

Je me rappelle que Mme Bonny nous a expliqué qu'elle signalait la présence de Dieu, qu'Il était là parmi nous et nous regardait avec toute Sa tendresse.

Alors je fais le rapprochement avec le point rouge qui apparaît quand on éteint la télévision ou la chaîne stéréo à la maison ; ce serait formidable si c'était aussi le signe de la présence de Dieu.

Je ne sais pas si je peux poser la question à Mme Bonny mais je peux toujours y croire. Il reviendrait donc imperturbablement quand on a fini de regarder ou d'écouter des bêtises, un peu à la manière de 7. J'en arrive à me demander si Dieu et 7 ne font pas qu'*un*.

Puis le curé dit : « Allez dans la paix du Christ » et tout le monde fait crisser sa chaise pour rejoindre l'allée centrale et marcher en rang d'oignons vers la sortie. Il y a l'orgue au-dessus de nos têtes qui joue si fort qu'on se sent glorifiés, ça doit être fait exprès, un truc entre le prêtre et l'organiste pour pousser les paroissiens dehors mais de façon qu'ils aient aussi un sentiment de légèreté.

Tout le monde se dit bonjour, tout le monde sourit. Moi je trouve qu'on marche en canard et que la musique est stridente, et le temps que je sorte j'ai déjà une petite boule dans la gorge, un peu comme sous l'effet du moulin à café en fin de repas à la maison. Je pense au Christ aussi ; il m'est difficile aujourd'hui de concevoir que 7 ait un fils, et si oui, quel chiffre.

Je me sens quand même très apaisée de cerner Dieu mais je n'ai pas envie de rentrer chez moi. Je cours le long de l'église, je saute d'un sein à un autre, de grosses cloques en petites cloques sur le bitume marron. Si j'avais une craie, j'aimerais bien les dessiner vraiment, ces seins, mais ce serait mieux, après ce qui s'est passé hier, de ne pas enchaîner les saletés jour après jour. Je cours et je regarde la maison. Éric pousse le portail et rentre, il va dans sa chambre et on n'en entendra plus parler jusqu'à ce soir, si tant est que ce soir il parle.

Comment faire pour me donner l'envie de rentrer à la maison ?

La seule chose qui pourrait m'aider, c'est de

décider que quelque chose se passe ; aujourd'hui il faut que quelque chose se passe.

Je suis rentrée. Je sentais bien qu'il ne fallait pas que je le fasse. Mamie regardait la télé dans le salon avec Thomas sur ses genoux. La porte de la cuisine était fermée et j'ai entendu Maman qui criait :

– Mais réponds quelque chose !

Et puis le silence. Papa a enchaîné nonchalamment :

– Je n'ai rien à dire, ça ne m'intéresse pas cette conversation. Ta frustration ne m'intéresse pas. Tu me gênes et tu ne me donnes pas envie.

– Mais va te faire foutre, j'en ai marre de toi ! Pour qui tu te prends avec ton air vaniteux et faussement triste, là ? Tu n'arrêtes pas de grincer des dents dans ton coin, on se demande si tu penses vraiment ou si tu fais semblant. Tu bouffes du sable ou quoi ?

– Ça y est, elle est contente, elle a fait sa maligne !

– Mais c'est vrai, tu m'emmerdes !

– Arrête de beugler ! Tu crois que tu donnes envie, à beugler comme ça ?

– Quand est-ce que tu m'entends beugler ? Je passe mon temps à me taire, tu prends toute la place avec tes discours de rien du tout ! Quand c'est pas ça, tu rentres bourré comme hier, t'en peux plus tellement tu as de bière dans le ventre et de sable au fond de la gorge !

– Et toi qui me regardes avec un air de martyre qui pense qu'à satisfaire son cul, tu ne parles pas parce que tu as un cul à la place de la tête. Tu ne m'intéresses pas.

– Mais, espèce d'ordure, je vais te le faire bouffer ton sable, jusqu'à ce que tu beugles, ça t'intéresse, ça ?

A ce moment j'ai entendu des bruits d'objets lancés contre les murs, quelquefois ça faisait un son de coups sourds comme si l'un des deux l'avait reçu sur lui. J'ai ouvert la porte et j'ai vu Papa qui essayait d'étrangler Maman, elle qui hurlait comme elle pouvait et lui qui disait par-dessus :

– Je te hais, espèce de salope, jamais personne n'empiétera sur ma liberté, tu entends, et certainement pas toi !

J'ai crié, c'était sûrement un beuglement. Papa a lâché prise, il est sorti en me bousculant sans me regarder, il avait une tête de fou. Maman chancelait, je lui ai pris le bras et je l'ai fait asseoir, elle suffoquait, elle a enfoui sa tête dans ses bras qu'elle a posés sur la table et elle a dit :

– C'est fini, c'est fini !

C'était pas trop tôt.

Je me suis assise à côté d'elle. J'ai allongé ma tête sur la table pour être contre elle. Je lui ai dit doucement :

– Maman, on s'en va ?

Elle m'a répondu dans un sanglot :

– Non, c'est ton père qui va s'en aller.

Ça m'intéressait de plus en plus.

– Est-ce que je vais rester avec toi ?

Elle ne m'a pas répondu. J'ai continué :

– Maman, est-ce qu'on pourra avoir un cheval dans le jardin ?

Alors Maman est sortie de sa cachette, elle avait des plaques rouges sur la peau, je ne l'avais jamais vue comme ça, elle avait un air hagard comme si elle était devenue aveugle, et elle a dit dans un souffle :

– Marion, fiche-moi la paix.

Je me suis levée, imperturbable, je savais que ce n'était pas vraiment le moment, pourtant on dit qu'il faut battre le fer pendant qu'il est encore chaud.

Je suis allée dans le salon, Mamie était toujours devant la télé avec Thomas. Je me suis assise à côté de lui et j'ai commencé à lui parler le plus doucement possible :

– Tu sais, Thomas, Papa va partir. Mais ça n'est pas grave, c'est mieux même. Maman va peut-être essayer de se jeter par la fenêtre, mais au moment de tomber un homme sera en bas, qui la recevra dans ses bras. Il sera boucher. Maman tiendra la caisse et elle sera très belle. Il y aura de la sciure par terre et on fera des dessins avec. Le dimanche on jouera tous ensemble à Cochon qui rit parce que, un boucher, il aime bien ça, jouer à Cochon qui rit. Après l'école, on le regardera couper la viande, et même que tu croiras que c'est de la magie tellement il sera habile. Le samedi et le mercredi après-midi, j'aurai le droit de couper le jambon, ou sinon juste de l'envelopper et d'écrire le prix avec un crayon de bois. Si je travaille bien à l'école, je crois qu'on pourra avoir un cheval dans le jardin. Et toi, Mamie, tu nous regarderas par la fenêtre et tu verras qu'on est heureux. Tu pourras prendre des photos.

Il y a eu un silence assez pesant, Mamie et Thomas me regardaient, ébahis. Puis Thomas a ouvert grande la bouche et s'est mis à hurler en courant vers la cuisine. Mamie a continué à me fixer, je ne savais vraiment pas ce qui allait se passer, j'attendais, et puis elle a murmuré :

– Saleté d'égoïste. Pourrie comme ton père.

Je n'ai pas bien compris ce qu'elle entendait par là mais je m'en fous d'elle. Elle s'est levée pour monter à son appartement, j'ai pris sa place devant la télé. Finalement, je l'ai éteinte. Je suis retournée m'asseoir pour voir la petite lumière rouge. Thomas avait fini de pleurer, la maison était comme enveloppée dans du coton.

On n'entendait rien d'autre que les fines gouttes de pluie qui venaient cliqueter sur la vitre et courir dessus comme des petits serpents affolés qui n'avaient qu'une envie, celle de se réunir en une seule et même goutte.

Je suis remontée chez moi, poursuivie par les cris de ma fille dans ma tête et le débit ahurissant de Marion. C'est une gosse née sans sentiment, comme le père, on se demande ce qui les pousse dans la vie ces deux-là. Je lui avais dit à ma fille de ne pas sortir avec ce déjanté qui se prenait pour Jésus-Christ. A seize ans. La Belle au bois dormant se réveille à seize ans, ouvre les yeux et tombe sous le charme d'un déjanté. On ne saura jamais si c'est la douceur de son baiser qui l'a réveillée ou son odeur de déglingué tabagique. Il est bon pourtant, mais c'est un malheureux. Qu'est-ce qu'il ferait sans ce toit où je les abrite, avec son petit métier de peintre occasionnel et elle qui n'a jamais travaillé de sa vie et qui ne sait pas se concentrer sur quelque chose plus de trois minutes ? A quoi elle arrive à penser en ce moment ? Trois minutes c'est court pour avoir des projets d'avenir, c'est court pour se sauver. Sa tête, ça doit faire comme les gouttes qui tombent maintenant sur les carreaux, il doit y avoir un paquet de pensées qui frétillent et qui s'évanouissent en une grosse larme comme sur le rebord de la fenêtre. Je ne peux rien pour elle, elle n'entend plus. Je doute fort qu'elle ait le courage de faire à manger ce soir, je leur ferai une soupe aux vermicelles.

Ça y est, je m'en souviens maintenant. Cette nuit j'ai rêvé que ma mère était morte. Je lui demandais comment c'était de monter au ciel. Alors elle me prenait par la main, nous nous élevions peu à peu dans les airs en longeant une immense bibliothèque, nous frôlions des livres à l'infini, et elle me disait : « Voilà, c'est comme ça. »

J'ai laissé Thomas devant la télévision avec

Marion et il s'est endormi. Je ne savais pas ce que c'était d'être étranglée, maintenant je sais. A cet instant, je n'ai pensé qu'à moi, je pensais à respirer, à vouloir vivre, et rien d'autre ne comptait plus. Je me rendais compte en même temps que c'était simple de mourir, se battre et une fraction de seconde plus tard arrêter de lutter. Comme ces gouttes affolées le long de la vitre qui se retiennent, s'allongent, se rétractent, dégringolent un peu plus, prennent un instant de répit, s'allongent de nouveau comme aspirées par l'irrémédiable. Et puis elles abdiquent, elles se fondent, elles se perdent, elles n'existent plus.

Espèce de garce ! Qu'est-ce qu'ils ont tous à vouloir toujours un peu plus ? Je suis à cœur ouvert. Qu'est-ce qu'ils ne pourraient pas y lire ? Tout ce qu'ils veulent, ils peuvent le prendre. Mais pas ma substance. Pas mon pouvoir, jamais. Ils ne supportent pas l'idée de mon pouvoir. Mais toute cette spiritualité, c'est pour eux. Je ne suis pas un fasciste. Salope ! J'ai tout donné. Ils continuent à me bouffer. Tous ces fils de putes. Je suis bon. Je veux qu'ils apprennent, je veux leur donner. Ils n'aiment pas que je leur donne. Ils veulent ma peau. Tout ce travail, tout ce sacrifice. Ils ne m'auront pas. Je suis l'aigle, il n'y a pas de zoo pour moi. Ma tête, oh, ma tête. Celui qui dira la vérité sera assassiné. Martin Luther King. Gandhi. Jésus-Christ. Moutons de Panurge, le feu à tout ça. Vous êtes tristes à voir. Vous ne supportez pas que je vous voie, mais je vous vois, c'est dans mes yeux que ça se passe, regardez-moi, je fais tout pour vous.

J'ai entendu la clochette. C'est l'heure du dîner. Je prends mon temps. Je n'ai rien fait de mon après-midi. J'ai regardé par la fenêtre un petit groupe qui montait les marches de l'église pour aller baptiser un bébé. C'est toujours la même montée et la même sortie. On dirait les mêmes qui reviennent tous les dimanches.

Les mêmes visages. Ils doivent pourtant bien être différents, chacun ses manies, chacun ses secrets. Ils ont peut-être des chiffres qui se baladent dans leur tête et ils font comme si de rien n'était. Et ces bébés, est-ce qu'ils vont rigoler plus tard quand ils iront à la messe, est-ce qu'ils auront la foi parce qu'ils auront été baptisés ou est-ce qu'ils se donneront un mal de chien comme moi ?

Je vais à la cuisine. Ça sent la soupe aux vermicelles. Ça m'écœure. Tout le monde est assis dans un silence pathétique. On a mis une biscotte dans l'assiette de Thomas pour que ce soit moins pénible pour lui, et on a filtré le vermicelle aussi. Je m'assois. Tous ont la tête baissée, sauf Papa qui redresse la sienne de temps en temps pour regarder Maman d'un œil mouillé et dur à la fois. C'est un regard qui ne veut rien dire, comme celui de certains acteurs à la télévision dans leur moment dramatique. Avec Éric on pouffe de rire quand on les voit faire leur tête de rien. J'essaie de boire la soupe. Ma gorge rencontre le vermicelle, mais elle est tellement serrée que je n'arrive pas à avaler. Je ne sais pas si j'ai envie de pleurer ou si c'est la sensation de la pâte fine et visqueuse qui me dégoûte. Je regarde ma mère.

– Maman, je n'y arrive pas, ça gratte.

Personne ne réagit, peut-être que j'ai parlé dans ma tête seulement.

– Maman !

Ma mère ne me regarde pas, elle répond doucement :

– Penche l'assiette et bois le jus.

Alors j'obéis. Quelquefois je laisse échapper un vermicelle que j'avale malgré moi, je me racle la gorge. Je fais ça plusieurs fois. D'habitude mon père aurait donné un coup de poing sur la table, là non, il est trop occupé à faire son cinéma

Je marche dans le petit couloir qui mène aux toilettes, j'ai très envie de faire pipi. Je passe devant la porte de la chambre de Maman et Papa. J'entends Maman qui pleure enfin. J'ai une envie furieuse d'ouvrir la porte. Je le fais.

– Oh pardon, je me suis trompée !

J'ai le temps de les voir dans les bras l'un de l'autre, elle dans son cou à lui et lui lui caressant les fesses. Ma mère se retourne vers moi, elle a les yeux blancs tant ils sont délavés, à moins que leur bleu, si fort d'ordinaire, ait fondu. Je me sens fatiguée d'un seul coup, j'ai les jambes lourdes. Je tourne la poignée de la porte des cabinets, c'est fermé de l'intérieur.

– C'est complet !

– Qui c'est ?

– C'est Mamie.

– Tu ne peux pas aller faire pipi chez toi ? Ça va durer des plombes. Tu embêtes tout le monde !

Je parle très fort. Mamie se tait, puis répond d'une voix étouffée :

– Ça ne va pas durer ! Bientôt je n'embêterai plus personne, je vous laisserai tranquilles avec vos cingleries qui me donnent la chiasse. Crois-moi, j'ai hâte !

Je lui réponds encore plus fort :

– Moi aussi j'ai hâte.

Je l'entends qui remue, elle dit : « Saleté, saleté » d'une voix très étranglée.

J'ai du mal à me retenir de ne pas donner un coup de pied dans la porte, je rebrousse chemin, je vais dans la chambre d'Éric et Thomas. Éric me tourne le dos, il fait ses devoirs, mais c'est Thomas qui m'intéresse. Il joue par terre.

– Thomas, tu viens avec moi chez Mamie ? Il faut que je fasse pipi et j'ai peur de monter toute seule. Tu comprends, je crois toujours que quelqu'un va m'attraper par le cou le temps que j'arrive au bout du couloir, et je ne pourrai pas me défendre parce que je serai de dos.

– Mais je ne veux pas, c'est moi qu'on va attraper. Tu m'as fait peur, j'ai peur.

Ma fureur grandit, j'ai envie de le tirer de force, de piétiner ses jouets, de le faire saigner du nez. J'ai mal aux bras tellement j'ai envie de frapper, je lui crie :

– Mais non, toi on ne te prendra pas, tu es un garçon, tu es gentil ! C'est moi qu'ils veulent.

– Je t'ai dit non.

Éric s'est retourné, il me lance d'un ton morne :

– Dégage, connasse.

Je claque la porte derrière moi, j'ai l'impression qu'il n'y a que moi dans cette maison, qu'ils sont tous planqués, chacun derrière sa porte, dans un silence de mort, en attendant de ressusciter. Des zombies. Moi je m'en fous, je vais faire pipi, après je fouille dans un sac à main et je prends le train.

Mais Maman, qu'est-ce qu'elle va devenir sans moi ?

J'arrive en haut de l'escalier qui mène à l'appartement de Mamie. La chambre est juste à gauche, le couloir sur la droite, les toilettes tout au bout. J'inspire très fort en comptant 7 tout en penchant la tête vers la chambre sombre. C'est calme, je ne vois rien, puis je cours à toute vitesse vers les toilettes en expirant 7. J'essaie de faire pipi, j'ai du mal tellement j'ai envie, tellement je suis tendue aussi. J'ai laissé la porte ouverte, pour faire face. Au fond de cette chambre il y a celle de la tante, toute petite, la chambre d'un enfant qui a grandi et qui en est mort. Ma tante est morte parce que la chambre était devenue trop petite pour elle, mais au lieu d'exploser et de casser les murs et le toit, c'est elle qui s'est consumée. Peut-être qu'elle m'attend, assise sur un fauteuil. Je vais avancer lentement pour redescendre, me rapprocher peu à peu du gouffre effrayant, et quand j'aurai presque atteint l'escalier je serai aspirée par une force surhumaine, je m'accrocherai à la rampe, mais l'aspiration sera trop forte, j'arriverai sur ses genoux à elle, elle me serrera dans ses bras glaciaux et c'en sera fini de moi.

Mais je ne veux pas mourir, j'ai encore plein de choses à faire dans la vie !

Je me mets à hurler comme jamais :

– Maman, viens me chercher ! Maman, au secours, je ne peux plus descendre !

J'entends du bruit en bas, je reconnais les enjambées de Maman dans l'escalier. Je la vois qui arrive.

Tout ira bien. C'est décidé.

C'est le jour de Super Squall, la grande virée au supermarché de la promotion. Maman a étudié les prospectus, et puis on est parties toutes les deux. C'est moi qui pousse le caddie. Comme tous les mois, on fait le plein de faux Choco qui se désintègrent en une trempée dans le bol du matin et qu'on n'a même pas envie d'aller racler au fond avec sa cuillère tellement la vision est triste. Dans la même famille de morosité, on trouve la provision de plaquettes de faux chocolat-noisette qui se traîne un goût de farine incompréhensible. Il y a aussi le faux Coca-Cola qui finit toujours à moitié entamé dans le frigidaire, encore plus éventé qu'il ne l'était à l'ouverture ; le faux papier toilette aussi, marron à périr et qui pique aux fesses. On ramasse aussi l'éternel et énorme sac de pommes, très jaunes et très sucrées ; quand je les mange, je ne prends même pas le temps de m'asseoir, ça n'en vaut vraiment pas la peine, et surtout chaque fois que je croque dedans je me demande pourquoi je le fais. Donc, à chaque élément qui s'entasse dans le caddie correspond la connaissance qu'il ne se passera rien de nouveau. Mais aujourd'hui, en plus de tout, Maman écrase de ses mains mon rêve de boucherie-charcuterie : le claquement de chaque paquet de jambon mouillé qu'elle attrape et qu'elle jette au fond du caddie fait frémir dans ma tête les rideaux en bouchons de bouteille de la charcuterie fine, ils cliquettent doucement. Ça avait l'air si doux pourtant, si facile aussi. J'ai mal à la gorge. Je compte les paquets : 4, de 4 tranches chacun, 4 × 4 = 16, 1 + 6 = 7, il faut que quelque chose se passe. Je regarde autour de moi. Ça y est, je le vois. Derrière de grands battants en plastique transparent se tient un homme qui travaille à emballer la viande avant qu'elle aille au rayon. Sa peau est très rose. Il est jeune. Comme il est concentré, sa bouche est entrouverte, rouge et très ourlée. Il a l'air doux, même triste, mais quand il aura sa propre boutique il sera dynamique et sûr de lui, il fera des blagues qui feront rire Maman dans sa blouse rose.

– Maman, viens voir, je voudrais te montrer quelque chose.

Elle avance vers moi, sans expression réelle. Je suis en face du garçon boucher, entre nous la porte de plastique. Je le regarde intensément, il finit par le sentir. Maman est à côté de moi maintenant, je fais un geste du menton accompagné d'un sourire très tiré pour lui indiquer l'homme.

– Alors, Maman, qu'est-ce que tu en penses ?

Maman voit l'homme qui croise son regard, il baisse les yeux, on dirait qu'il rit.

– Mais qu'est-ce que tu as dans la tête ? Je ne comprends rien avec tes airs. Arrête de faire ça, il va nous prendre pour des folles.

Maman s'éloigne en poussant le caddie. Je marche derrière elle. Je lance :

– Ça ne te coûtait rien de lui faire un sourire. Il avait l'air gentil et il ne demandait que ça.

Maman s'arrête et se retourne.

– Il ne demandait que ça quoi ?

Alors je regarde ma mère avec un air très lourd, très profond, pour qu'elle comprenne bien. Je n'ai plus rien à perdre de toute façon.

La claque a résonné dans tout le magasin, et dans ma tête toute la journée. Ça m'a empêchée de réfléchir. Mais à quoi aurais-je pu penser ? Tout est fini.

Cette nuit j'ai rêvé que j'étais avec lui au dernier étage d'une maison, dans une chambre verte. Il tourne en rond, il est hideux, son âme est noire. Il n'y a plus rien entre nous, c'est plat et terne. Je lui dis que je veux voir si j'ai envie de lui comme avant, il me prend si vite que je n'ai pas le temps de sentir si ça peut revenir. Pourtant j'ai un souvenir très confus de l'amour d'avant. Je sais que c'était incroyable, mais il faut que je fasse un grand effort pour me le rappeler, je crois retrouver la sensation mais elle disparaît aussitôt. Je lui dis que je veux le quitter, mais l'idée de cet amour d'avant me retient. Je crois qu'on est au bord de la mer, j'ai envie de me baigner. Je lui dis qu'il est gros, que c'est grave, qu'il est vraiment trop gros. Il me répond : « Et toi, avec ton gros cul long ! »

C'est dur de constater que sa propre mère est une imbécile. Tout à l'heure par exemple, je voulais lui faire partager ce que j'avais appris à l'école ce matin, elle était en train de faire de la purée dans la cocotte-minute, le moment le plus insoutenable étant bien sûr quand le mixeur vient vibrer contre la paroi du récipient. Je parlais très fort car jamais elle n'a pensé à s'arrêter pour m'écouter.

– Mme Dès, elle a dit que toutes les trois secondes il y avait un enfant qui naissait dans le monde et toutes les six secondes quelqu'un qui mourait. Ça veut dire que si tu comptes bien dans ta tête tu peux vraiment suivre les mouvements de l'univers. Tu peux même le faire avec ton mixeur, de haut en bas : et 1, et 2, et 3 ; ou si tu marches dans la rue, si tu montes des escaliers. Tu comptes bien et vraiment, là, tu prends conscience du monde, de sa grandeur, de notre petitesse. Et en fait ça peut te grandir en même temps que t'alléger, non ? Qu'est-ce que tu en penses ?

La pauvre femme a finalement lâché son manche de robot et elle m'a répondu :

– Je ne sais pas, tu m'as saoulée ! Tu ne pouvais pas attendre que j'aie fini la purée pour me parler ?

Je l'ai regardée d'un air très triste ; pour elle, pas pour moi. Je suis retournée dans ma chambre en pensant qu'il fallait bien me rappeler de ne compter que sur moi-même. J'avais les poumons qui me brûlaient ; il ne fallait pas que j'oublie de respirer mécaniquement au cas où ils flancheraient.

J'ai commencé à faire mon problème de maths mais je ne comprends pas les histoires de trains, le premier qui part dix minutes avant le second, et trouver le kilométrage, et calculer l'heure d'arrivée. Ce qui m'intéresse en ce moment c'est l'idée du train en lui-même, n'importe lequel du moment que je fiche le camp. Je suis aussi trop concentrée sur mes poumons, ça m'empêche de réfléchir. Alors je vais aller voir mon frère. Je ferai semblant d'écouter et l'histoire sera réglée. J'entre dans sa chambre. Il est à son bureau, de dos comme d'habitude. J'ai une voix très aiguë soudain.

– Tu peux m'aider, s'il te plaît ?

– Oui, mais pas longtemps, me dit Éric.

Je pose le cahier devant lui et je me penche, je m'appuie sur les coudes, la tête dans les mains ; comme je suis en tee-shirt, les os de mes coudes roulent un peu sur le bois de la table, ça fait mal, alors je bouge souvent mais les coudes roulent toujours dans le même sens, reviennent dans la même position. Mon frère parle pendant ce temps-là. Je m'appuie sur les avant-bras et je tourne ma tête vers lui, on est très proches, je peux voir ses oreilles bouger pendant qu'il parle, ses lèvres remuer de profil. Ça me donne envie de rigoler. Je pouffe très brièvement. Mon frère s'arrête.

– Qu'est-ce que tu as ?

– Rien, j'ai toussé bizarre.

– J'ai cru que tu gloussais dans mon dos.

– Mais non, j'écoute.

Mon frère reprend son explication, il n'écrit

rien, je ne pourrai même pas lui demander de m'expliquer de nouveau, c'est trop tard, et puis j'ai trop envie de rire. Ça va être terrible.

Je pouffe encore, je cache la tête dans mes bras. Je me prends un coup de cahier dessus, ça m'arrête net. Mon frère le jette vers la porte.

– Tu te fous de ma gueule. Toujours excitée, toujours énervée. Allez, dégage.

Je ramasse mon cahier très lentement, quelque chose d'irrémédiable va se produire, ça ne peut plus continuer comme ça.

Après, tout est allé très vite. Je suis entrée dans le salon et j'ai arraché son avion « Royal Air Maroc » qui séchait suspendu à un fil et qu'il avait monté pendant des jours. Je l'ai jeté par terre et je l'ai piétiné jusqu'à ce qu'il ne craque plus sous mes pieds ; ensuite j'ai couru dans la cuisine dire à Maman ce que je venais de faire. Elle n'a rien dit, elle est partie constater les dégâts par elle-même, elle a appelé mon frère, il a crié, pleuré, il disait : « Je vais la tuer ! Tu ne vois pas qu'elle porte la poisse à tout le monde ? » Je crois que Maman le retenait ; il aurait pu me tabasser, je m'en fichais. J'étais restée dans la cuisine, Mamie était assise à ne rien faire, elle me fixait. Puis elle m'a dit :

– Tu es méchante, on ne t'a jamais dit que tu étais méchante ?

Alors je l'ai regardée d'un air vitreux et j'ai répondu :

– Je ne crois pas, non.

Le soir, je suis montée dans sa chambre. Elle était assise dans son lit, adossée aux oreillers, toute raide avec ses longs bras de chaque côté du corps. Elle avait les yeux au plafond, ses joues étaient très creuses, elle m'ignorait. Je suis allée subitement dans sa salle de bains pour boire un verre d'eau. Son dentier reposait au bord du lavabo. Je suis retournée la voir, elle n'avait pas bougé, je me suis assise au bord du lit, je la regardais, je me demandais qui était au juste cette femme. Je savais qu'elle s'appelait Henriette, je voyais la couverture qui se soulevait au rythme de sa respiration, mais ce n'était pas suffisant. J'aurais bien voulu lui toucher les joues, j'aurais su alors qui elle était, mais je n'ai pas osé. Au bout d'un moment j'ai rompu le silence :

– C'est fini, tu as perdu ta langue ?

Elle a tourné la tête vers moi, ses paupières semblaient lourdes, elle ne disait toujours rien. J'ai attendu encore un peu puis je me suis levée et je suis sortie.

Je le regarde dormir. On a fait l'amour ce soir. C'est étrange comme cela ne change rien. Entre le moment où il me prend et celui où il s'endort, c'est un instant suspendu qui ne bouleverse en rien ni ce qui me lie à la vie, ni ce qui me lie à lui. Comme si le rendez-vous que j'attends était toujours ailleurs. S'il avait embrassé mes jambes ou parcouru mon dos de sa bouche et de ses mains, est-ce que cela aurait changé quelque chose ?

Sa tête est posée sur sa main. L'autre main est près du visage, la paume tournée vers l'extérieur, les doigts détendus et légèrement pliés, le pouce est contre sa bouche. Il devait dormir comme ça quand il était enfant. Comment peut-il avoir été un enfant et être cet homme-là, qu'est-ce qui fait que tout bascule ? Est-ce que ça se passe en un jour, en une phrase, en un geste ?

Ce soir, il rentrait à la maison, je le voyais par la fenêtre, il portait un manteau matelassé blanc qui lui donnait une apparence de dessin. Son visage ressortait dans une beauté stupéfiante et son mystère m'a frappé au ventre. Je me suis dit que je ne savais pas qui il était, après tant d'années passées ensemble je ne savais pas qui était cet homme, qu'est-ce qui faisait que c'était lui et pas un autre ?

Je vais à la cuisine. Je compte mes pas, c'est devenu une habitude que j'essaie d'ignorer. Je pense à ce que Marion m'a raconté hier. Comment pourrais-je compter les secondes de la vie des autres alors que je lutte pour ne pas compter les miennes ?

Ma petite fille.

Elle a reçu une fessée ce soir par son père, pour avoir cassé l'avion de son frère. Elle n'a pas pleuré. C'était trop tard. Ma sœur avait gagné une poupée à la fête foraine, très belle avec plein de froufrous, elle en était fière. Un soir qu'elle s'était moquée de moi, je lui avais volé sa poupée pendant son sommeil et je l'avais déposée sur le trottoir pour que quelqu'un la ramasse, ce qui s'était passé. Comme elle était somnambule, je lui avais soutenu que c'était probablement elle qui l'avait égarée, qu'elle l'avait cachée quelque part pour une raison qu'elle seule pouvait connaître ; ma mère avait fini par penser que j'avais raison. Parfois nous parlions de cette poupée, ça faisait rire tout le monde de croire qu'elle l'avait abandonnée dans le secret de son sommeil et elle-même avait fini par aimer l'idée qu'elle ait pu agir de la sorte. Je n'ai jamais avoué que c'était moi, même quand elle mourait dans la chambre au-dessus. Je crois que ça aurait rompu le mystère qu'elle s'était fait d'elle-même à propos de cette histoire. Elle serait morte sans aucun leurre.

J'ai entendu des pas dans le couloir. J'ai appelé :

– Maman ? Papa ? C'est qui ?

Maman est apparue dans la pénombre. Une fraction de seconde j'ai eu peur, j'ai pensé que ce n'était pas elle mais sa sœur déguisée en elle pour me piéger. J'étais tellement étonnée qu'elle fasse partie de ce temps éternel que je pensais être seule à connaître.

– Ah, Maman ! Je n'arrive pas à dormir. Tu comprends, si tout le monde dort sauf moi, c'est très pénible. Je suis contente que ça t'arrive aussi, ça me rassure. Pourquoi tu ne dors pas, toi ?

– J'avais soif.

Maman s'est approchée, elle s'est assise au bord de mon lit, elle sentait bon le savon Camay, j'ai eu une joie si forte, comme la conviction que je n'avais jamais été aussi heureuse de ma vie, que je touchais la vérité sur le bonheur à ce moment précis. Le bonheur c'était ça et rien d'autre. L'intérieur de mon nez m'a piqué très fort, j'avais envie de pleurer mais ça ne venait pas. J'ai demandé à Maman si elle pouvait poser sa tête sur ma poitrine, elle s'est exécutée doucement, elle était très légère, elle devait se retenir de peur de trop peser sur moi, des petits cheveux venaient me chatouiller le nez, ce qui m'empêchait d'apprécier complètement la sensation. Alors je me suis mise à lui caresser le front pour aplatir les petites mèches mais aussi comme si ce geste était le plus juste. Je l'apaisais, et c'était de faire ça qui me réconfortait ; ce n'était pas qu'elle me rassure, mais qu'elle s'abandonne à ce que je la protège

moi.

Cette nuit, je me suis endormie auprès de Marion. J'ai fait un rêve très bref, je crois. J'étais avec lui en haut d'une falaise, l'herbe était très haute et très verte. Je rampais difficilement vers l'abîme à cause des herbes. Il me regardait, il avait peur. J'arrivais au bord de la falaise et je passais ma tête dans le vide pour voir en bas. Il y avait des gens qui se baignaient, d'autres allongés sur le sable, tout allait bien.

Comme j'ai peu dormi cette nuit, j'ai de grandes marques sous les yeux. J'avais un échantillon d'anti-cernes que j'ai consommé très vite. C'est fou comme j'étais heureuse cette nuit, mais ça ne change rien à mon effroi de ce matin. Je crie :

– Maman, viens voir, ils vont encore se moquer de moi à l'école, ils vont dire que j'ai ramené mes valoches ! Maman, c'est tout noir, qu'est-ce que je vais devenir ?

Maman me répond de loin de me mettre de la crème Nivea. Pour elle aussi ce qui s'est passé hier est déjà loin. Je me demande si c'est aussi fort dans son souvenir que dans le mien. Si même je l'interroge, est-ce que je saurai jamais si c'était identique ? J'applique la crème en couche épaisse pour que ça boive bien et que le noir disparaisse. J'attends quelques minutes et puis je la retire lentement avec du coton. Je me regarde dans la glace : c'est pareil, en plus luisant.

– Maman, je t'en supplie, fais quelque chose !

Mais il n'y avait plus rien à faire. C'est leur pression qui me rend dingue aussi ! Il ne faut pas de valoches sous les yeux, il faut la performance quotidienne du 10 sur 10, il faut résoudre des énigmes, trouver des solutions, se faire des amis, les garder, gagner au sprint, avoir de l'humour, avoir la pêche, avoir les idées claires, être lisse, sentir bon, avoir le nez et les dents propres, ne pas faillir. Sauf que je suis déjà foutue ; il faudrait que je remonte la pente alors qu'on pense déjà que je suis une dingo. Moi, c'est simple, je veux rester avec ma mère et puis, plus tard, faire comme elle, avoir des enfants et dormir debout.

J'ai dit à Maman que je voulais rester avec elle aujourd'hui, que l'épreuve des autres me serait insurmontable, qu'il fallait me croire, que j'étais une honnête fille ; je me ferais toute petite, je passerais l'aspirateur. Éric et Thomas attendaient dehors et moi je poussais des cris, ma mère m'attrapait par les épaules, je me dérobais sous les couvertures, je recevais des claques de toute part et Maman disait entre ses dents qu'elle ne voulait pas que je traîne dans ses pattes toute la journée pour des histoires de cernes. Finalement elle a été fouiller dans sa petite trousse de maquillage défraîchie et a trouvé un fond de teint, très beige foncé ; elle me l'a étalé sous les yeux par petites touches, et cet instant de silence et de concentration où l'on n'entendait que le sifflement léger de nos souffles m'a suffi pour refaire le lien entre cette nuit et maintenant. Tout se tenait de nouveau.

Tout ne se tient pas très longtemps. La mémoire du bonheur est de courte durée et le manque revient. J'en ai parlé longuement à 7 ce soir. C'est la seule chose que je regrette de 7 : qu'il ne puisse pas me cajoler. Il me dit qu'il faut que je me procure ce dont j'ai besoin, par tous les moyens, et moi j'ai besoin de chaleur. Je lui ai dit que mon idéal aurait été d'avoir un cheval qu'on aurait fait paître dans le jardin, je l'aurais regardé de ma chambre tous les matins, j'aurais caressé son encolure grasse et gorgée de chaleur, il m'aurait chatouillée avec ses naseaux. Il aurait été mon confident que j'aurais emmené se promener dans les rues, les gens auraient ouvert les fenêtres à notre passage, j'aurais créé l'envie et le mystère aussi. Je lui aurais été toute dévouée, ma vie aurait eu un sens concret : la dévotion pour ma bête. C'est peut-être ça que ma mère éprouve pour mon père, sauf que moi, mon cheval, il me l'aurait bien rendu. Ce doit être ça qu'on attend plus tard quand on tombe amoureux : retrouver l'animal domestique qu'on n'a pas eu enfant. Moi, la seule chance que j'ai aujourd'hui, c'est d'avoir trouvé 7, et comme Dieu et 7 ne font qu'un, c'est un atout considérable.

7 m'a donc conseillé un animal de compagnie qui puisse s'inscrire dans ma réalité d'aujourd'hui. Je n'aime pas les chiens, quand ils bâillent ils ne sentent pas bon. Je n'aime pas non plus le bruit qu'ils font quand ils se lavent entre les pattes, le bruit de leur langue et aussi l'air mauvais qu'ils prennent quand ils ont des démangeaisons et qu'ils se rognent la peau. Je n'ai pas d'opinion sur le chat, je ne le considère pas comme un animal vivant, quand je vois un chat, c'est comme si je ne voyais rien. Je crois

que j'ai très envie d'un lapin nain. Je suis un peu influencée par mon livre *Une journée dans la vie du teckel Fouine*, parce que sur un dessin la petite fille donne des granulés à son lapin avant de sortir de sa chambre, elle a l'air de rire très fort, avec le nez légèrement retroussé. Elle a sans doute bien dormi alors que moi je ne sais même pas ce que c'est que de se réveiller en forme. Si j'ai un lapin dans ma chambre, sa présence sera un élément majeur pour assouvir ma nécessité de réconfort. Sitôt que j'aurai une petite montée d'angoisse, je le sortirai de sa cage et je le collerai contre moi, il sera tout palpitant et je le protégerai en même temps que j'y puiserai mon besoin. Ce sera un rapport équitable en somme, et l'avantage est qu'il n'y aura pas de démarches préalables ni d'obligation de dialogue. Je me réjouis déjà, heureuse que 7 m'ait été de si bon conseil et voyant se profiler un avenir douillet de petite fille allègre. L'image va enfin se superposer à la réalité.

J'ai eu du mal à faire comprendre à Maman que, si le lapin était nain, ça réduirait proportionnellement l'investissement financier et l'attention journalière qu'une grosse bête demanderait. Une petite cage, un peu de copeaux de bois à l'intérieur, deux à trois carottes par jour, plus certains légumes abîmés que Maman mettrait de côté au moment de préparer notre repas, donc vraiment un minimum d'implication pour elle. Nettoyage systématique du pipi et des petites crottes toujours sèches, voilà l'engagement que je me suis promis de tenir au quotidien. Ce qui a vraiment joué en ma faveur, ç'a été aussi la conviction que je n'aurais plus à me plaindre de rien, que mon équilibre viendrait de cette compagnie et de ma responsabilité à son égard.

Il est faux de penser que les lapins nains ne font que des crottes sèches. Pas le mien en tout cas. Il a une petite colique très odorante et assez répétitive, il fait souvent pipi aussi, et l'urine mêlée à l'odeur des copeaux de bois remplit ma chambre d'une senteur aigre et chaude plutôt désagréable. Le plus grand des inconvénients est qu'il se réveille la nuit. Il donne de grands coups de patte dans les barreaux de sa cage, dont le tintement est amplifié par l'obscurité et le silence. Au début, ça m'attendrissait, mais au bout de quelques jours ça m'a mise sur le qui-vive permanent, me réveillant à chaque fois et m'empêchant de me rendormir, dans l'appréhension d'une prochaine secousse. Le matin, le sol est jonché de copeaux, éjectés hors de la cage par les coups de patte, ce qui fait que je balaie ma chambre et nettoie les coins de la cage imbibée d'urine juste avant de partir à l'école. Je n'ai pas le choix : Papa m'a menacée de lâcher le lapin dans la rue si ma chambre n'était pas propre. Qu'est-ce qu'il a, avec son ton péremptoire, lui qui n'a jamais fait la vaisselle avec nous et qui laisse toujours traîner ses vêtements et ses serviettes de toilette mouillées ? Quand il ne joue pas au cowboy martyr, il se prend pour un flic, histoire de se regarder dans un nouveau rôle.

Quelle défaite ce serait de leur avouer à tous que mon lapin nain ne m'apporte pas l'effet escompté. Hier, je l'avais mis sur mon lit pour lui faire un câlin, je l'embrassais entre les deux oreilles, c'était chaud comme jamais je n'avais senti une chair vivante ; même mes hanches, quand je les caresse du bout des doigts pour me faire frissonner, ne sont pas aussi chaudes. Je soufflais doucement par le nez sur son museau, pour que nos souffles se mêlent, c'était un moment très fort, j'avais vraiment l'impression que mon plaisir était le sien aussi, qu'on était en train de se comprendre. Soudain, il m'a griffée avec ses pattes de devant, dans un geste sec et irrité, je l'ai attrapé par la tête et je l'ai balancé dans sa cage. J'avais honte de m'être donnée comme je l'avais fait et d'avoir ses coups de griffes en échange. 7 m'a dit qu'il fallait que je pardonne, qu'il fallait aussi que j'apprenne l'amour inconditionnel et que mon lapin était là pour que je vive et intègre ce nouveau sentiment. J'ai rapidement pensé à ma mère et à mon père, mais ça n'a pas été plus loin. J'ai mis le reste de fond de teint anticernes sur les traces de griffes et personne n'a rien vu.

J'ai demandé vingt francs à Maman pour pouvoir acheter un petit collier, j'ai pris une corde fine dans l'établi du jardin et ainsi je promène mon lapin dans la rue. Cet après-midi, j'ai été voir Isabelle, ma copine du samedi et du mercredi. Elle est un peu triste, mais comme elle est toujours disponible je m'en contente. Mais rien ne vaut la fille de Mme Bonny, Édith. Elle est douce, calme, elle a des beaux crayons Caran d'Ache qu'elle étale méticuleusement sur la table, du plus clair au plus foncé, et elle me regarde par en dessous de plus en plus souvent. C'est elle qui m'a raconté qu'elle faisait des œufs carrés avec sa mère, je suis sûre que chez eux ça doit sentir en permanence le gâteau au chocolat. Ce matin au catéchisme, elle a montré à une autre fille une Barbie tahitienne qu'elle gardait dans son cartable. Quand elle a refermé celui-ci, elle m'a fixée d'un air très lourd que je n'ai pas compris, mais qui m'a picoté le cœur. Je pense que je vais être son amie très prochainement, ce qu'il faut c'est laisser monter.

Alors qu'avec Isabelle il n'y a aucune surprise. Je sonne, elle est là, toujours prête. Dès qu'elle ouvre la porte, ça sent le café au lait écœurant mêlé à l'odeur d'eau de Javel. J'attends dans le couloir le temps qu'elle s'habille, je vois de loin les chaussons de son père avec le père en prolongement, toujours devant la télé ; c'est une image diffuse tellement il y a de fumée de cigarette autour de lui. A chaque fois, elle lui dit qu'elle va jouer dehors, à chaque fois, il ne répond rien. Ce qu'elle aime le plus faire avec ses poupées en plastique d'imitation Barbie, c'est les coiffer. C'est vrai qu'elle fait de jolies coiffures, silencieuse, les yeux baissés. Ma présence lui suffit mais elle ne devrait pas la considérer comme un fait acquis parce que je m'ennuie et que je vais la quitter. On s'est installées sur les marches de l'église, elle a sorti tout son matériel de coiffure. Je suis debout à côté d'elle ; mon lapin, recroquevillé à mes pieds, a les oreilles rabattues par le vent, il a fermé les yeux en attendant que ça se passe.

– Écoute, Isabelle, je crois qu'on ne va plus se voir.

Isabelle a levé ses yeux tristes et vert pâle.

– Au caté, il y a une fille, je crois que je vais devenir son amie. Elle a de belles Barbie, sa mère, elle ne fait rien. Le matin, c'est sa fille qui lui prépare des croissants congelés prêts à cuire. Après la mère se lève, elle prend un bain, elle passe des coups de téléphone et puis elle fait des gâteaux au chocolat pour accueillir ses enfants quand ils reviennent de l'école. Tous ensemble, ils font des œufs carrés, et moi, tu vois, ça m'intéresse. Comme tu es protestante, tu ne peux pas venir au catéchisme et c'est dommage, on formerait un groupe, je te présenterais, mais là, tu vois, en plus avec ton père…

Isabelle pleure. J'ai envie de la faire pleurer un peu plus. En même temps, si j'avais été grande, je l'aurais adoptée, je l'aurais emmenée faire des voyages, je lui aurais acheté de belles robes, elle serait devenue heureuse.

J'ai froid, mon regard est devenu flou, j'ai envie d'aller me coucher.

– Je vais rentrer chez moi en comptant ; si en haut de la dernière marche ça tombe sur un chiffre impair, je reviens, d'accord ?

Je prends le lapin, il me griffe encore dans le pli du bras mais je m'en fiche, je veux la paix, je veux avoir chaud. Je traverse la route en comptant, comme je compte je ne pense à rien d'autre. Isabelle, dans mon dos, devient un être vague, je ne sais bientôt plus qui c'est. En haut des marches j'arrive à 32, je pousse la porte de la maison et je rentre.

C'est arrivé un dimanche. Je sortais de ma chambre pour aller prendre mon petit déjeuner dans la cuisine. Il y avait de la musique dans le couloir, qui provenait du salon. Le papier peint marron avec des impressions de roseaux beiges prenait la lumière qui traversait la petite fenêtre de la porte d'entrée. Il avait des reflets scintillants que je n'avais jamais remarqués jusqu'alors. La musique, à mesure que j'avançais, devenait de plus en plus nette, une voix d'homme jamais entendue faisait remuer les roseaux sur le mur. Toute la maison se tournait vers moi, les portes étaient entrouvertes, même l'escalier de Mamie était lumineux, mes pas glissaient sur le carrelage luisant vert et bleu. J'ai passé la tête dans le salon. C'était la radio qui était allumée. Maman était assise et ne bougeait pas. Thomas jouait à ses pieds, sans demande, sans attente. J'ai eu envie de les prendre dans mes bras, de les protéger pour toujours, qu'on rie tous ensemble les larmes aux yeux.

– C'est qui, Maman ? demandé-je la gorge serrée.

– Un chanteur qui vient de mourir, Frank Sinatra, il s'appelle.

Maman ne me regarde pas, elle a des cernes sous les yeux, un visage pâle translucide. La lumière qui vient de derrière elle lui donne une apparence irréelle qui me fait mal aux yeux. A moins que ce ne soit la voix de l'homme qui l'a emmenée quelque part et qu'elle n'ait laissé que son apparence sur le fauteuil. Je voudrais tant. Je voudrais tant que cette voix chante pour toujours. On achèterait un CD et on le programmerait sur « Repeat ». Ce n'est pas Édith Bonny qui aura compris qu'il faut Frank Sinatra chez soi pour être heureux. Plus besoin de faire semblant de rire en faisant des mousses au chocolat, plus besoin non plus de décongeler des croissants en trouvant ça formidable. Édith Bonny, si elle accepte de devenir mon amie, je lui ferai écouter Sinatra, l'air de rien. Elle sonnera à la porte, j'ouvrirai, il y aura la Voix toujours en fond sonore, je l'accueillerai chaleureusement et sans effort et elle sera conquise. Plus tard, ça deviendra un besoin pour elle de venir chez moi.

– Maman, tu aimes ?

– Ah oui, beaucoup.

Je ne veux rien savoir d'autre. Je pourrais rester assise avec eux toute la journée. La gorge me serre de plus en plus. J'ai envie d'être bonne. J'ai envie de comprendre. Je retourne dans ma chambre chercher mon cahier de catéchisme. Papa dort encore, Éric est dans sa chambre. Peut-être que Mamie est morte et qu'on ne le découvrira que ce soir. Alors Maman vendra la maison et elle mettra Papa dehors ; Éric le suivra, par solidarité ou par pitié, et nous, on sera enfin seuls.

J'ai rapporté mon cahier dans le salon, avec mes crayons de couleur. J'ai envie de dessiner de belles guirlandes autour des phrases consacrées de la semaine. Mais avant il faut que je réponde aux questions préalables qui amènent à la prise de conscience et au recueillement, a dit Mme Bonny. Je lis : « Tu as déjà été malade. Demande à Maman ce qu'elle fait pour que tu guérisses. »

En d'autres circonstances, j'aurais très mal pris cette question, ça m'aurait renvoyée à mon chagrin. Mais aujourd'hui, comme je suis sur le point de comprendre, j'ai envie d'être généreuse et rieuse aussi. Alors j'écris : « Maman ne fait rien pour moi parce qu'elle croit que c'est dans ma tête quand je lui dis que je suis malade. Pourtant, je suis vraiment malade. » Je ris doucement.

Je lis la suite, qui est la phrase à décorer : « Vraiment on veut être plein de vie, on n'a pas envie d'être malade. » Mon ventre se resserre légèrement ; c'est quoi ça, « plein de vie » ? Je pense tout de suite au saladier de sangria qu'il y avait sur la table chez mon oncle, cet été, pour la communion de son fils. Avec la louche trop petite qui trempait dedans et des quartiers d'orange tout flasques qui flottaient. Être plein de vie, c'est être plein de liquide rose foncé avec des morceaux d'orange mous qui s'agitent bêtement. C'est aussi faire des surprises-parties chez Mme Bonny, à faire des rondes, à pousser des petits cris aigus pour montrer que tout va bien, que c'est comme ça qu'il faut vivre et pas autrement.

Je dessine des fleurs en changeant de feutre à chaque fois. Il y en a qui sont déjà secs, je les mouille, les pétales sont colorés de façon irrégulière, on voit là où le feutre a retrouvé un peu d'encre. Je fais des fleurs ; j'aurais pu faire des formes un peu plus compliquées et inattendues, mais changer de couleur à chaque fois, et même faire des pétales de tons différents, c'est déjà un effort en soi.

A la radio, Frank Sinatra chante une mélodie très lente, avec beaucoup de violons autour de lui, sa voix cesse et reprend beaucoup plus bas encore, il chante en anglais, je ne comprends pas cette langue mais lui je le comprends comme si je l'avais toujours connu ; dès que je l'ai entendu, ç'a été comme si je me souvenais de quelque chose oublié depuis longtemps et qui resurgissait. Que cet homme soit mort ne me rend pas triste, puisque de cette façon il peut vraiment être proche de moi. C'est lui qui me dit de rire de ces phrases de catéchisme. Je lis la fin de la page : « Vraiment on en fait des choses quand on est plein de vie. Demande à Maman pourquoi elle fait si souvent la cuisine. » Et là, je me mets à rigoler encore plus. J'écris : « Vraiment Maman n'est pas pleine de sangria, mais elle fait la cuisine parce qu'elle n'a pas le choix, c'est pour qu'on ne soit pas malades. La maison, elle n'est pas pleine de vie, elle est pleine de promotions. »

Je ne sais pas si Mme Bonny va aimer, mais moi ça me fait bien rire.

Je crois que c'est Frank Sinatra qui me souffle ces bêtises.

La page des pensées de la semaine se conclut ainsi : « Oui c'est beau la vie, ça vaut la peine qu'on se donne beaucoup de mal. »

Si Maman est celle que je crois, elle va rire à cette phrase. Je lui lis tout haut. Elle ne réagit pas. Elle n'a pas dû tout entendre à cause de Sinatra.

– Eh ! Maman !

Je lui répète la phrase.

– Ça va, j'ai compris.

Elle a haussé la voix, ses cernes sont devenus bleutés, quelque chose de grave se passe. Depuis tout à l'heure elle est accrochée à la radio, rien ne la distrait, elle est absente, absorbée ; et moi qui ai l'impression que je vais comprendre aujourd'hui, et cette voix qui m'inspire et me libère, me rend bonne et rieuse. Ça y est, j'ai une fulgurance.

– Maman, tu le connaissais Frank Sinatra ?

Elle me répond comme si elle avait des nuages dans la gorge.

– Oui, je l'avais déjà entendu.

– Non, mais tu l'avais déjà rencontré ?

– Où veux-tu que je l'aie rencontré ?

– Tu m'as dit que ton grand-père, il avait vu le cow-boy Buffalo Bill au cirque quand il était tout petit, alors toi tu aurais pu voir Sinatra à un concert qu'il aurait donné il y a quelques années, tu lui aurais demandé un autographe, il t'aurait invitée au restaurant et tu ne l'aurais jamais revu après, mais ç'aurait été ton plus grand secret. Tu as l'air tellement triste aujourd'hui, enfin, juste plus que d'habitude, je me demandais si ça n'avait pas à voir avec lui. Et comme tu n'as pas l'air de me porter beaucoup dans ton cœur, c'est que tu dois avoir honte de quelque chose. Et comme je me sens mal dans cette maison, c'est que je ne suis pas faite pour vivre ici. Et comme cette voix m'est familière alors que je ne l'avais jamais entendue avant, ça a peut-être à voir, non ?

Ma mère a soudain un visage que je ne lui connaissais pas. Elle rayonne. La lumière qu'il y avait tout à l'heure autour d'elle est entrée à l'intérieur de sa peau, elle sort par ses yeux très bleus maintenant. Son sourire se tire et se rétracte par brefs intervalles, c'est interminable, je commence à avoir mal au ventre.

– Tu crois que tu es la fille cachée de Sinatra ?

– Il y en a bien qui le sont, pourquoi pas moi ?

Maman a envoyé sa tête en arrière, je vois

son long cou blanc, ses incisives et ses narines. Son rire vient de la gorge, il sort difficilement mais il sort. J'ai envie qu'elle saigne du nez et des oreilles. J'ai le temps de me dire que ça va lui arriver un jour puisque j'y pense. Qu'elle crève. Avec sa misère et tout le reste. Moi il faut que je croie en quelque chose. Je suis retournée dans ma chambre, avec son rire dans le dos comme s'il me poussait.

J'ai pris une grande poupée Bella que je n'aimais plus, elle a enduré beaucoup de maquillages aux feutres, beaucoup trop de coiffures aussi. C'est un peu la vieille du groupe, mais sans grande personnalité non plus, alors j'ai saisi ma paire de ciseaux et je lui ai coupé les seins ; ensuite j'ai planté la pointe de la lame entre ses jambes et je l'ai découpée jusqu'au milieu de la poitrine en même temps que je lui faisais pousser de petits cris perçants et étouffés. J'ai étalé de la gouache rouge tout le long de ses plaies et je l'ai fait courir effrayée sur mon lit. Elle a buté juste avant le rebord et elle est tombée dans le vide, au ralenti, avec ce même petit cri aigu qui ne l'avait pas quittée depuis le début de son agonie. Quand elle a atterri sur le sol, je l'ai écartelée et lui ai déboîté les jambes ; du sang lui coulait des yeux, des oreilles et du nez, je ne pouvais plus rien faire avec elle et pourtant je n'étais pas calmée. Je respirais très bruyamment, ce que j'inspirais d'air n'était jamais assez. Je me suis agenouillée, j'ai regardé la poupée ravagée par terre et je lui ai dit : « Voilà, c'est fini pour toi. » Je me suis souvenue du jour où mes parents me l'avaient offerte, c'était pour ma fête, il y a longtemps, c'était la première poupée que j'avais qui ressemblait à une femme. Elle était en maillot de bain rouge satiné et portait un diadème sur la tête. Je n'arrivais pas à faire le lien entre cette poupée rayonnante dans son coffret en plastique et la silhouette rose et blonde pleine de sang sur mon tapis de chambre ; c'était pourtant son destin. Soudain je me suis demandé ce qu'allait être ma vie, ce qui me serait réservé à moi, comment j'allais faire pour tenir encore des années et des années à ce rythme. Et tout s'est écroulé en moi comme si j'avais eu une tour de petits cubes à l'intérieur qui venait de casser ; je me suis sentie dévertébrée et aussi très petite, sans jambes, sans bras, juste un élément mou et palpitant. J'étais sûre à ce moment-là que c'était un souvenir de quand j'étais dans le ventre de ma mère. Je me suis allongée par terre, je n'arrivais plus à déglutir et j'étais convaincue que j'allais avaler ma langue d'un moment à l'autre. Mon cœur s'était arrêté de battre aussi, il redémarrait puis s'arrêtait à nouveau, il tombait dans le vide et moi avec, comme un avion en panne dans le ciel qui perd de l'altitude. « Ah, voilà ! me disais-je, c'est comme ça quand on est en train de claquer. »

Il fallait que je boive de l'eau mais je n'en avais plus la force. J'ai commencé à pleurer, mes larmes coulaient le long de mes oreilles et glissaient derrière ma nuque, c'était bon de mourir. J'arrivais à penser à Mme Bonny, qui nous avait raconté le témoignage d'un prêtre qui avait été appelé auprès d'un petit garçon. L'enfant mourait et disait à l'homme qu'il entrait dans la lumière, qu'il n'avait jamais rien vu d'aussi beau, qu'il n'avait jamais été aussi heureux non plus. Mme Bonny était tout émue ; c'était ça mourir, être enfin auprès de Dieu, atteindre Sa lumière et Son royaume éternel. L'enfant avait bien de la chance, il était débarrassé de sa corvée de vie terrestre qui aurait mal tourné de toute façon. Moi je me disais quand même qu'il aurait pu rester un peu sur terre, le temps de jouer encore à la récréation, d'avoir un métier et de gagner un peu d'argent pour manger une pizza dans un restaurant. J'avais le vague sentiment qu'il allait s'ennuyer à la longue dans cette douceur paradisiaque et puis j'avais fini par pleurer qu'il soit mort, ce pauvre enfant ; c'est à cet instant que j'en avais voulu à Dieu et que je ne comprenais pas Sa logique. J'en voulais aussi à Mme Bonny de nous avoir raconté cette histoire lugubre avec une envie bizarre de nous réjouir.

Mes larmes ont fini par sécher sur mes tempes, ma langue s'est recollée contre mon palais et la lumière annoncée n'est pas apparue. Mon corps sur le tapis de ma chambre était lourd et avait repris son enveloppe de tous les jours. J'ai senti que cette personne que j'étais était bien là, vivante, et, à la différence du passé, j'ai compris qu'il n'y avait que moi pour être ce que j'étais, personne d'autre au monde n'était ce que j'étais à ce moment précis. Et c'est bien une lumière chaude et jaune que j'ai éprouvée dans toute ma tête. Je me suis mise à m'enfoncer davantage dans le tapis, ma tête pesait encore plus et me donnait l'impression que je partais en arrière. J'ai compris que j'étais bien seule dans cette chambre mais que quelque chose d'autre ou quelqu'un me le confirmait avec bienveillance et encouragement. Ce n'était pas 7, je ne sais pas pourquoi mais ce n'était pas lui. Quelqu'un me regardait être seule dans ma chambre et je savais que c'était Dieu, enfin.

Sans plus attendre et pour sanctifier cet événement, je me suis précipitée sur mon cahier de catéchisme pour lire la phrase du jour. C'était écrit : « Que de joie dans le monde ! Seigneur Dieu, Tu fais pour nous des merveilles et mon cœur saute de joie. » Ma vie prenait un sens inespéré, cette phrase venait rejoindre ce que je comprenais, tout s'imbriquait au bout du compte et j'avais bien raison d'avoir deviné que Frank Sinatra était mon père.

J'ai pris ma trousse de feutres et j'ai dessiné une guirlande, la plus belle qui soit, autour de la phrase, pour m'en souvenir toujours et marquer du plus fort que je pouvais ce jour sacré. Le sommet de ma tête me chauffait tellement, je souriais en me disant que j'avais peut-être une auréole, d'un sourire de petite fille douce que je devenais enfin.

Mme Bonny a un rouge à lèvres qui sent très fort et qui s'agglutine aux commissures en une petite pâte rose claire dégoûtante. Je ne lui dirai pas. Je regarde Édith Bonny à côté de moi. Je ne voudrais pas avoir une mère qui met du rouge à lèvres qui sent si mauvais. Pour la première fois, Édith Bonny me fait de la peine. Il y a de la misère aussi dans la famille Bonny, et ce petit dépôt au bord des lèvres me soulage.

Elle a regardé nos cahiers, comme chaque mercredi. Quand elle a fait glisser le mien devant ses yeux, il ne s'est rien passé dans son regard ; de sa bouche pâteuse, elle m'a dit :

– Tu n'as pas pu faire mieux ?

Alors j'ai eu soudain envie de dormir. J'ai répondu mollement que c'était à cause de mes feutres. J'ai pensé rapidement à ma maison, au visage de ma mère, à celui de mon père, à l'odeur de leur armoire de toilette, et puis j'ai eu très soif. Au loin j'entendais la voix de Mme Bonny : « Marion, ce ne sont pas les feutres qui comptent. Ce sont la joie et l'inspiration de la phrase qui t'amènent aux couleurs. Je t'invite à ressentir la parole que tu as sous les yeux avant d'illustrer ton recueillement. » Je m'en fichais, j'étais déjà partie, les yeux dans le vague, plus rien ne m'intéressait, je voulais ma mère, me coller contre elle et entendre sa voix ronronner au fond de sa poitrine, respirer le parfum sucré et laiteux de son pull à col roulé et qu'on me laisse tranquille avec ces phrases que je ne pouvais plus comprendre.

Il n'est pas encore l'heure de déjeuner. Je traîne dans les rues petites et désertes, le long de maisons identiques avec leur jardinet bordé de bacs à pétunias, et au milieu duquel trône presque toujours une petite balançoire, accompagnée occasionnellement d'un minuscule toboggan. J'aurais tellement voulu vivre dans un de ces pavillons qui sentent le propre et le bois neuf. J'aurais fait de la balançoire, la tête en arrière et des heures entières. Papa aurait fait des barbecues, il aurait tondu le gazon et le moteur de la machine m'aurait réveillée doucement le dimanche. J'aurais ouvert ma fenêtre et les émanations du jus de l'herbe rasée m'auraient donné envie de me faire un grand bol de céréales et de boire de la Ricorée au lait.

Au loin, je vois un homme de dos travailler au pied d'un grand panneau publicitaire. Il est vêtu d'une combinaison bleue qui épouse la forme de son corps, un corps grand et large.

Il se baisse et il plonge dans un récipient métallique une énorme brosse déjà lourde de colle. Au-dessus de sa tête, deux pans de papier aux trois quarts pliés ont déjà été collés, ils pendent légèrement et sont prêts à tomber. Puis l'homme se redresse et c'est mon père. Il monte sur une échelle et commence à étaler l'enduit transparent sur le blanc du papier. Je m'approche. Il ne me voit pas. J'entends le léger crépitement des petites bulles de colle crever entre le pinceau gorgé et le papier qui s'étale davantage. Papa a de grands gestes fermes et fait aller et venir la brosse de haut en bas, de droite à gauche, dans le même rythme. Il déplie les autres pans cachés en les éclaboussant juste ce qu'il faut, jusqu'à ce que l'affiche apparaisse dans son entier et prenne toute la largeur du panneau. Il prend dans sa poche arrière une balayette à poils courts et caresse toute la surface de l'affiche pour aller aplanir ses quatre coins, chaque angle recevant les bords du papier dans une extrême justesse. Rien ne déborde, l'affiche est lisse et scintillante. Papa donne encore de légers coups de balayette dans les angles du haut puis descend de l'échelle pour faire de même aux angles du bas. C'est alors qu'il me voit. Il me sourit, il écarte ses mains ouvertes vers moi avec un air de vouloir s'excuser et moi j'ai la gorge serrée. J'ai juste envie de courir vers lui et de lui demander pardon. Je veux lui dire comme je suis fière de lui, comme il est beau, comme il est le meilleur père que j'aie jamais rêvé d'avoir, comme je l'aime, comme je me sens si petite devant lui, à côté de son échelle et de son beau vêtement bleu. Entre le moment où je pense cela et celui où je pleure, je ne sais pas ce qui s'est passé mais je suis dans ses bras, j'ai mal tellement je pleure et je m'entends lui dire : « Mon Papa, mon Papa adoré. »

Mais ça, c'est une histoire de télévision.

Je suis rentrée à la maison et j'ai été à la cuisine jeter mon cahier de catéchisme à la poubelle. Papa était à la table, il buvait un café. Peut-être venait-il de se réveiller. Il avait les doigts qui tremblaient et se préparait une cigarette faite de toutes les fins de cigarettes déjà fumées et qu'il accumulait dans un petit sachet à congélation jusqu'à ce qu'il y en ait assez pour en faire une nouvelle. Elle devait être spéciale, surtout par l'odeur, encore plus à vomir que les autres.

Quand je suis passée à côté de lui pour sortir, il m'a attrapée par la main, qu'il a serrée très fort, il a levé les yeux vers moi, des yeux noirs et brillants comme s'il allait pleurer ou qu'il l'avait déjà fait, et il m'a dit d'un sourire désolant :

– Alors, on dit plus bonjour à Papa Franky ?

Et puis il m'a lâché la main, il est retourné à son trafic. Il a juste eu la force de dire ça, comme si rien d'autre ne pouvait venir après cette phrase.

J'ai cherché Maman dans la maison. Elle était chez Mamie, en train de repasser, elle me tournait le dos, Mamie aussi, assise à ne rien faire, même pas la conversation, même pas à lui tendre un linge ou à faire des piles. On n'entendait que le grelot du fer qui glissait.

Je me suis plantée juste en face de ma mère.

– Maman, je ne peux plus aller au catéchisme,

j'ai de mauvais feutres, je n'arrive pas à trouver la joie et l'inspiration avec eux, ils me freinent. Mme Bonny, elle dit que ça n'est pas les feutres qui font la foi, moi je prétends qu'une bonne marque, ça change tout. Franchement, comment veux-tu que je m'élève avec des crayons Super Squall ? Je dessine Super Squall, je mange Super Squall, je me lave Super Squall. On est avec quoi on vit, et moi je n'en peux plus de vivre en sous-marques et au rabais. J'en ai marre d'être constamment dans la honte d'avoir fait quelque chose de mal ; mais en fait si je suis comme ça, c'est parce que je ne sens pas l'harmonie entre mes aspirations et les moyens qui me sont donnés ici. Par exemple, si mes habits sentaient la Soupline, mon cœur serait plus léger, de la même manière, si je me glissais dans un lit qui sent la lavande, j'aurais quand même plus de joie que de me coucher dans un lit qui ne sent rien. Si je mangeais de vrais yoghourts Danone, mon corps et mon âme s'en ressentiraient, ils seraient plus laiteux, plus tendres, je finirais par avoir des pensées onctueuses. C'est logique, non ? Et je comprends tout maintenant, tout s'imbrique. C'est parce qu'on a une vie médiocre que je suis malheureuse. Comment veux-tu pouvoir m'entendre quand j'ai peur que mon cœur s'arrête si toi-même tu es en Super Squall dans ta tête ? Bien évidemment tu ne vas pas me croire, puisque tu vas entendre la vérité sur ton propre compte. Maman, je te le dis, il faut changer quelque chose si on veut s'en sortir, alors je pense qu'il faut d'abord changer la qualité de nos produits quotidiens, et avec un peu de vigilance on y arrivera. Je ne dis pas le sucre, tu vois, ça non, mais se concentrer sur les éléments qu'il est vraiment nécessaire de changer, pour notre bien-être. Du papier toilette doux, ça c'est important, ou une bougie parfumée aussi, des petits détails. Si tu veux, je te conseillerai la prochaine fois qu'on ira faire des courses, car je pense que je saurai très distinctement faire la différence entre la futilité et la nécessité vu que j'y ai réfléchi. Alors, Maman, on y va quand ? Il ne faut pas trop tarder non plus, demain je ne peux pas, je vais à l'école, cet après-midi je suis libre, donc voilà. Qu'est-ce que tu en penses ?

Maman m'a répondu :

– Rien.

Elle ne s'est pas retournée vers moi pour me le dire. J'aurai tout essayé. J'ai juste dit :

– C'est vraiment dommage.

Dans les soupirs du fer à repasser je suis entrée dans la chambre de ma tante. Le sèche-linge était vide, son lit aussi.

Je me demande si je serais différente si je n'avais pas fait ce cauchemar avec ma tante. Je ne sais pas. J'étais peut-être comme ça avant et je ne m'en rendais pas compte. Ce que je suis se voit-il vraiment ? Parce que, si ça se voyait vraiment, on aurait déjà fait quelque chose pour moi ; on serait inquiet, on m'aurait emmenée à l'hôpital, on m'aurait fait rencontrer des docteurs.

Et donc, si mon cas ne se voit pas vraiment, peut-être que le cas des autres ne se voit pas non plus. Peut-être que tout le monde ici a fait le même rêve que moi, au même moment, et personne ne s'en parle. Ce serait le secret de chacun, et pourtant ça serait le même. Dans la maison, on se frôlerait tous avec notre secret, sans savoir qu'en fait ça n'en est pas un. Et même si on parvenait à se le dire, est-ce que ça changerait quelque chose ? Est-ce qu'on arriverait avec des mots à dire la vérité de ce qui se passe ? Moi, par exemple, je parle et ça ne change rien. Maman, qui n'est pas gâtée par son élocution, ne parle pas et ça ne change rien non plus. Papa fait des discours incompréhensibles et finalement il ne se passe rien.

J'ai enlevé mes chaussures et je me suis allongée sur le lit. La couverture était douce, satinée et fraîche. Elle était imprégnée de tous les linges qui avaient séché dans cette pièce. Les volets étaient clos, le soleil venait les frapper, passait entre les stries et allait s'étendre sur le plafond en lignes tremblantes et dorées. Ah, c'était donc ça la volupté ! Et je me suis endormie.

Marion dort sur le lit d'Éva. Ça fait du bien de voir le lit de ma sœur reprendre vie. Cette chambre est gaie à nouveau. Elle dort. Elle parlait beaucoup tout à l'heure. Qu'est-ce qu'elle a dans la tête, ma fille ? Comment peut-on faire des enfants qui sont des mystères pour leurs propres parents ? Peut-être que c'est ça finalement la grande intrigue. Plutôt que de chercher à savoir qui est François, que je connais depuis tant d'années et que je m'exténue à comprendre on ne sait trop pourquoi, je ferais mieux de penser à mes enfants. Quand j'étais petite, c'est Dieu qui occupait mon esprit, c'est sur Lui que je m'acharnais, je voulais qu'Il cède, qu'Il vienne enfin à moi. Je suis passée de Dieu à François, j'ai quitté l'un pour l'autre. C'est mon obstination pour rien qui me déçoit.

Tout à l'heure, j'irai chercher une petite bougie à la vanille pour Marion. Et j'achèterai des Prince pour le goûter.

Cette nuit, j'ai rêvé que j'avais disparu depuis cinq ans. Je téléphonais au FBI pour qu'ils fassent une enquête. L'homme au téléphone me demandait quand je m'étais vue pour la dernière fois. Je n'arrivais plus à me souvenir. L'agent me disait que l'enquête allait être difficile. Je ne comprenais pas pourquoi.

Marion dort sur le lit d'Éva. Elle a arrêté de nous saouler. Ça lui va bien de dormir, d'être paisible. Je pourrais croire que c'est ma fille adorée, son visage est caché sous son bras. Éva. C'est ce prénom qu'on t'a donné, ton père et moi. Comme c'est étrange, je dis « Éva » et c'est toi qui apparais à mon esprit, rien ni personne d'autre. Seule et unique. Personne d'autre au monde, ni avant, ni après. Ce visage et ce prénom. Personne.

Tu faisais des rêves, je t'entendais la nuit, tu parlais, tu riais aussi. Le matin, je te questionnais, je voulais savoir ce qui t'avait fait tant rire, tu ne savais plus. Isabelle était plus calme. Vous dormiez dans le même lit, tu prenais toute la place, elle occupait tout juste le bord. Elle ne se plaignait jamais, comme si elle avait senti qu'il te fallait de l'espace pour vivre plus vite.

Je ne peux pas dire que je t'aie aimée plus qu'elle. On ne se parlait pas beaucoup, mais on se devinait très bien, et en cela j'avais une confiance aveugle, comme avec Isabelle. Elle sait que je suis là, quoi qu'elle fasse, quoi qu'elle dise, et elle sait que je sais ; ça ne s'explique pas.

C'était comme ça avec Denis aussi, même quand il m'énervait. Il y avait ce lien entre nous, on le connaissait tous les deux sans s'en être parlé, et ce n'était pas l'envie l'un de l'autre ou la joie d'être ensemble, c'était au-delà.

Quelle chance on a eue. C'est pour cela qu'on est restés si proches, tous, même dans la mort. Et la petite qui dort, c'est cette confiance qui lui manque.

Quand elle se réveillera, je lui dirai que j'aime bien qu'elle vienne dormir un peu sur ton lit, ma petite Chérie. Je lui dirai que je veille sur elle.

Elle pourra venir faire ses devoirs ici, ou jouer, je lui raconterai ce que je sais de nous. Tout va renaître.

Aujourd'hui, c'est le 1er Mai ; on est partis à la mer, sauf Mamie qui n'aime pas marcher sur les galets, ça la fatigue. Elle a dit qu'elle allait profiter de ce qu'on n'était pas là pour faire des albums photo.

Moi j'aime bien marcher sur les galets, surtout au pied de la falaise, quand ils sont plus gros encore et que l'écho de leur roulement fait vibrer le mur jaune et friable. J'essaie d'être le plus légère possible, pour ne pas provoquer un éboulement, mais il y a toujours un caillou qui s'affaisse sous mon poids et qui provoque une agitation tout autour. Quand l'écho est passé, il règne un silence profond, on entend un peu la mer, mais elle est encore loin sur le sable. J'ai envie de m'allonger sur le dos, regarder le haut de la falaise et le ciel bleu. Je n'ose pas, j'ai peur de voir arriver un énorme rocher qui s'écraserait sur ma figure. Alors je m'assieds. Les os de mes fesses roulent sous la rondeur des galets et puis ils se calent.

J'ai emporté mes Barbie pour jouer dans les rochers. Souvent j'en trouve de grands, sculptés par la mer ; des anémones et des chapeaux chinois s'y sont fixés, ainsi que de multiples petits coraux gris qui piquent et qui griffent méchamment la peau si on dérape dessus en escaladant. Ça fait de superbes palais pour les Barbie, avec une belle piscine quand j'ai la chance de trouver un rocher qui a aussi une forme de cuvette dans laquelle l'eau de la mer est retenue à la marée descendante.

Pour l'instant je ne fais rien et je regarde mes parents.

Courbés en deux dans les rochers, ils ramassent des moules. Ce que je ne comprends pas, c'est que les moules, ça ne coûte vraiment pas cher, alors pourquoi s'esquinter comme ils le font ? En plus, les moules, ça ne se ramasse pas comme ça, légèrement posées sur un caillou ; non, elles sont incrustées, il faut se battre avec elles, les arracher avec un couteau court. On est six à table, et on adore les moules, ça veut dire qu'il faut en décoller beaucoup, puis les gratter toutes sans exception, à cause de ces petits coraux gris qui se collent sur la coquille noire. Éric aussi est cassé en deux derrière un rocher, je ne vois que sa tête qui remue de temps à autre, lorsqu'il jette quelques moules dans le seau. Thomas joue sur un petit banc de sable, une oasis de douceur sur cette plage déserte et si rocailleuse. Une fois les galets franchis, il faut traverser la barrière de rochers pour se baigner, sauf que se baigner est impossible car il y a encore des rochers sous l'eau. Voilà pourquoi on est seuls, à part trois autres personnes qui se brisent le dos à ramasser aussi les moules, sauf qu'elles, j'espère qu'elles les revendent après.

Je regarde Maman. Elle a un bonnet marin sur la tête parce qu'il y a du vent, et si elle ne se protège pas elle aura mal aux oreilles. Je suis sûre qu'elle pense à tout sauf aux moules. Je ne vois pas son regard de loin, mais il doit être dans le vague complet, à moins qu'elle ne regarde mon père en coin, observant ses mains ou sa nuque, quelque chose dans ce genre.

Papa est à côté d'elle, peut-être qu'aujourd'hui il se prend pour un professionnel de la pêche aux moules. Il doit être tout entier à son nouveau rôle, les sourcils froncés, le geste méthodique, le torchon jeté sur l'épaule, se voyant déjà, le visage rouge et buriné, déambuler avec une petite carriole derrière lui dans les rues du village. Il vendrait parfois une livre de moules qu'il mesurerait dans une boîte de conserve vide, puis il roulerait une cigarette contre un mur abrité des rafales de vent, ce serait l'hiver, il irait boire un verre de vin blanc dans le seul bistrot désolé, et il se dirait que sa vie est vraiment dure.

Je les observe tous les deux, je passe de l'un à l'autre plusieurs fois. Leurs corps finissent par se dégager nettement des rochers qui les entourent et je comprends ce que je cherchais à savoir depuis longtemps. Voici mon père. Voici ma mère.

Puis je m'allonge. Je regarde le mur jaune de la falaise et, comme un nuage vient de dégager le soleil, il devient soudain d'un blanc éclatant. J'aperçois de petites touffes d'herbes qui poussent sur la paroi, accrochées et tenant tête malgré le vent. Elles sont d'un vert très vif, comme si elles sortaient tout droit de mon cahier de catéchisme, coloriées par mes feutres. Tout en haut je vois le ciel, il est bleu foncé. Je sens le vent courir sur mes oreilles. J'entends la mer aussi, de très loin, qui avance. Je ferme les yeux. J'écoute les vagues, et je compte, 1, 2, 3...

RÉALISATION : PAO ÉDITIONS DU SEUIL
REPRODUIT ET ACHEVÉ D'IMPRIMER SUR ROTO-PAGE
PAR L'IMPRIMERIE FLOCH À MAYENNE
DÉPÔT LÉGAL : MARS 2001. N° 47827 (50790)